서문문고
128

검찰관

고 골 리 지음
이 동 현 옮김

РЕВИЗОР

Н. В. ГОГОЛЬ

해 설

이 동 현

 푸슈킨에 의하여 비로소 싹트기 시작한 근대 러시아 문학은 고골리에 이르러 땅속 깊이 뿌리를 뻗친 울창한 거목(巨木)으로 성장하였다. 고골리는 사회 현실의 제 현상을 완벽에 가까운 정확한 수법으로 묘파(描破)함으로써 푸슈킨에 이어 러시아 리얼리즘의 굳건한 기반을 이루었다. 또한,
 "……우아한 러시아 문학에 풍자적인, 보다 정확히 말해서 비판적인 방향을 확고하게 제시한 것은 오로지 고골리의 공적이라 하지 않을 수 없다."
라고 한 체르니셰프스키의 말과 같이, 고골리는 이른바 비판적인 리얼리즘의 창시자로서 러시아 문학에 생기(生氣)를 불어넣은 작가이기도 하다. 그는 인생의 모든 아름다운 면, 인간적인 면을 즐겨 표현했으며, 동시에 인간의 온갖 추악한 면을 솔직히 폭로하기를 주저하지 않았다. 고골리의 리얼리즘은 사회의 부패한 요소를 제거하고 보다 건실한, 보다 광명한 미래에의 길을 개척하려는 숭고한 염원으로부터 출발한 것이다. 그러므로

러시아 전제(專制)정부가 그를 위험한 인물이라 생각하고 갖은 압박과 간섭을 가한 것은 당연한 일이다. 그러나 그는 당시의 진보적 민주주의자, 자유주의자들로부터 깊은 사랑과 존경을 받았고, 고골리의 죽음을 안 러시아 사람들은 깊은 애도 속에서 자기들의 애정과 슬픔을 투르게네프의 입을 빌려 이렇게 표현했다.

"고골리가 죽었다! 이 한 마디 말에 감동하지 않는 러시아의 영혼이 어디 있으랴? 죽음으로써 우리에게 부여된 슬픈 권리이기는 하지만, 지금이야말로 우리들의 당연한 권리로써 위인이라 부를 수 있는 그 사람, 자기의 이름으로 우리 문학사상에 신기원(新紀元)을 이룬 그 사람, 우리들의 명예의 하나로 자랑할 수 있는 그 사람, 아아, 그 사람이 죽은 것이다!"

이 짤막한 추도사 때문에 투르게네프는 체포되어 추방되었다. 고골리의 이름은 세상의 온갖 무지몽매한 권력자에게는 과거·현재·미래를 통하여 혐오의 대상이 될 것이지만, 오히려 우리들에게는 그만큼 귀중하고 자랑스러운 이름이 아닐 수 없다.

니콜라이 바실리예비치 고골리는 1809년 우크라이나의 폴타프스카야 현(縣)에서 출생하였다. 그의 아버지는 수백 명의 농노(農奴)와 상당히 많은 토지를 소유하고 있는 부유한 지주였다.

1828년에 네진의 고등학교를 졸업하자 그는 당시의 수도 페테르부르크로 가서 한때 하급관리로서 빈곤한 생활을 체험했다.

1831년에 ≪지카니카 야화(夜話)≫ 제1부를, 다음 해에 제2부를 발표하여 문단에 진출하고 푸슈킨과 친분을 맺게 되었다. 1835년에는 작품집 ≪아라베스크≫와 ≪미르고로드≫를 발표하여 벨린스키의 격찬을 받고 일약 문단의 중견적 지위를 차지했으며, 같은 해에 우크라이나 카자흐들을 주제로 한 서사시적인 작품 ≪타라스 부리바≫를 완성했다.

1836년 〈코〉, 〈마차〉 등 단편을 발표. 그 해 4월 풍자극 ≪검찰관≫을 페테르부르크 알렉산드르 극장에서 공연한 후 저속한 지배계급의 박해에 못 이겨 서부 유럽으로 떠났다.

1836년부터 1848년 사이에 두 차례 러시아에 돌아온 일이 있었으나 대부분은 서부 유럽의 각처에서 보내며 〈초상화〉, 〈외투〉 등의 단편과 장편 ≪죽은 영혼≫ 제1부를 완성했다.

1848년에 귀국하여 그 후 주로 모스크바에서 ≪죽은 영혼≫ 제2부를 완성하기 위해 정력을 기울였으나 정신적 고뇌와 사상적 혼란 때문에 원고의 일부를 소각하고 마침내 정신착란 상태에 빠져 1852년에 쓸쓸하게 죽어 갔다.

≪검찰관≫은 장편 ≪죽은 영혼≫과 더불어 고골리 문학의 최고봉을 이루는 풍자극(諷刺劇)이다.

도박으로 여비를 몽땅 털리고 무일푼이 된 경박한 페테르부르크의 청년이 시골 여관에서 오도 가도 못 하고 곤경에 빠져 있는데, 관리들이 공교롭게도 자기를 중앙정부에서 밀파(密派)된 검찰관으로 오인한 것을 기화로, 전전긍긍하고 있는 지방의 탐관오리들을 마음껏 우롱한다. 읍장댁에 초대되어 검찰관 대접을 받으며 읍장 마누라와 딸을 희롱한 후 뇌물로 받은 돈을 호주머니에 두둑이 넣고 조소의 편지를 한 장 남긴 채 뺑소니를 쳐 버린다. 모두들 이를 갈고 원통해 하는데 이번에는 진짜 검찰관이 왔다는 보고가 들어와 그들을 아연실색케 한다.

줄거리는 이처럼 극히 단순하지만 전편에 넘치는 종횡의 기지(機知), 신랄한 풍자와 해학, 양식의 독창성, 등장인물의 정확한 성격 묘사는 세계 문학사상 그 비류(比類)를 찾아볼 수 없는 하나의 기적이라 아니 할 수 없다.

≪검찰관≫은 고골리에게 있어 엄숙한 희극, 신성한 희극이다. 관중의 웃음만을 노린, 당시에 유행하던 저속한 광대가 아니다. 이 희극이 처음 공연되던 날, 극장 안이 줄곧 홍소(哄笑)의 도가니로 변하는 것을 본 고골리가 깊은 우울에 빠진 것은 오히려 당연하다.

당시 러시아에서의 문예작품에 대한 검열은 가혹하기 짝이 없었다. 고골리는 ≪검찰관≫을 쓰기 전에도 이미 페테르부르크의 부패한 귀족 사회를 공격한 희극 ≪블라지미르 삼등 훈장≫에 착수한 일이 있었다. 이 희극에서는 대신급의 고관들이 공격의 대상이 되었다. 그러나 당국의 가혹한 검열에 도저히 통과될 수 없다고 생각한 그는 원고를 찢어 버리고, 이번에는 먼 변방(邊方)의 보잘것없는 하급관리들을 등장시켜 ≪검찰관≫을 쓴 것이다. 우매한 중앙의 고관들은 보잘것없는 지방의 하급관리가 다름아닌 자기들의 변신이라는 것을 모른 채 손뼉을 치며 웃어댔다. 실은, ≪검찰관≫에 등장하는 여섯 명의 지방관리들은 국가의 중추를 이루는 내무, 문교, 사법, 사회 보건, 체신 교통, 공안(公安) 등의 썩어빠진 모든 '공직(公職)'을 상징하는 것이었다. 이 희극을 친히 구경한 황제는 "음, 모두들 멋있게 두들겨맞았어. 그러나 누구보다도 호되게 얻어맞은 것은 황제인 나야" 하고 중얼거렸다.

그러나 ≪검찰관≫이 단지 어떤 국한된 시대의 러시아 관리사회의 결함을 비판했을 뿐이라고 생각한다면 그것은 커다란 잘못이다. ≪검찰관≫은 시대와 국가를 초월하여 인간성 가운데 깊이 뿌리박고 있는 악의 요소와의 투쟁인 것이다. 그것은 추악하고 비루한 인간 사회의 참된 양상(樣相)이며 슬픈 현실의 거울이다.

◪ 검찰관

차 례

해 설〈이동현〉 ·· *3*
제1막 ·· *17*
제2막 ·· *51*
제3막 ·· *85*
제4막 ·· *125*
제5막 ·· *181*

검 찰 관
전 5 막

제 얼굴이 삐뚤어진 주제에
거울을 탓해 무엇하랴.

— 속 담 —

❈ 장소와 나오는 사람

나오는 사람들

읍 장……안톤 안토니비치 스크보즈니크 드 무하노프스키
안나 안드레예브나 그의 아내
마리야 안토노브나 그의 딸
교육감……루카 루키치 흘로포프
그의 아내
판 사……암모스 표도로비치 랴프킨 챠프킨
원 장……아르체미 필립포비치 제믈랴니카. 자선병원 원장
우편국장……이반 쿠지미치 슈페킨
피오트르 이바노비치 도브친스키 }……읍내의 지주
피오트르 이바노비치 보브친스키
이반 알렉산드로비치 흘레스타코프……페테르부르크에서 온 관리
오시프……그의 종복
흐리스챤 이바노비치 기브네르……군공의(郡公醫)
표도르 안드레예비치 룰류코프
이반 라자레비치 라스타코프스키 }…퇴직한 관리, 읍내의 유지
스테판 이바노비치 코로브킨
경찰서장……스테판 일리치 우호보르토프
스비스투노프
푸고비츠인 }……순경
제르지모르다
아브둘린……상인
페브로니야 페트로브나 포슐로프키나……대장장이의 아내
하사의 아내
미슈카……읍장댁 하인

여관 하인

남녀 손님들, 상인들, 시정의 여인들, 진정하러 온 읍민 다수.

성격과 의상
―배우들을 위한 주의

읍 장 늙도록 관리생활을 해와서 그래도 제딴엔 무척 똑똑하다고 생각하는 인물. 뇌물은 곧잘 받아먹지만 어디까지나 버젓한 태도를 취한다. 어지간히 점잔을 빼는 편인데 약간 따지고 들기를 좋아한다. 음성은 크지도 작지도 않고, 말은 많지도 적지도 않다. 한마디 한마디 의미심장하게 말한다. 용모는, 밑바닥부터 밟아 올라온 사람들이 대개가 그렇듯이 짜임새가 없어 천하게 보인다. 성격이 야비한 사람에게서 흔히 볼 수 있듯이 공포에서 기쁨으로, 비굴에서 거만으로 변하는 속도가 무섭게 빠르다. 언제나 옷깃에 금몰 달린 제복(제정 러시아 시대에는 문관들도 모두 제복을 입었다)을 입고 박차가 달린 장화를 신고 있다. 짧게 깎아 올린 머리에는 백발이 섞여 있다.

안나 안드레예브나 읍장의 아내. 바람기를 풍기는 시골의 중년 부인. 절반은 소설책과 앨범에서 교육을 받고, 절반은 자기 집 광과 하녀들의 방을 분주하게 드나드는 것으로 사람이 된 여자. 아주 호기심이 강하며, 기회가 있을 때마다 허영심을 발휘

한다. 이따금 남편을 손아귀에 넣고 흔드는 일도 있지만, 그것은 다만 남편이 자기에게 적당히 꾸며대서 대꾸하는 재주를 가지고 있지 않기 때문이다. 그러나 그것도 그리 대수롭지는 않아, 잔소리를 늘어놓는다든가 편잔을 준다든가 하는 정도로 그칠 뿐이다. 극이 진행되는 동안 네 번이나 색다른 옷을 입고 나온다.

흘레스타코프 23세 가량의 몸매가 날씬하고 좀 여윈 청년. 약간 모자란 데가 있는 것 같은, 말하자면 머릿속에 주관이라곤 없는 사내. 흔히 직장에서 '머리가 비어 있는' 인간이라 불리는 인물 중의 하나. 말이나 행동이 도무지 신중한 데가 없고, 하는 얘기는 전후 연관성이 없으며 엉뚱한 말이 입에서 튀어나오곤 한다. 이 역은 그 연기가 과장이 없고 솔직하면 솔직할수록 성공할 것이다.

오시프 보통 나이깨나 먹은 하인들에게서 흔히 볼 수 있는 인물. 말하는 품이 착실하고, 눈은 언제나 약간 내리깔고 있는 듯하다. 따지기를 잘하며 자기 주인에게 설교하기를 매우 좋아한다. 음성은 항상 침착하지만 주인과 이야기할 때 쓸개를 씹은 듯 거친, 그리고 좀 건방지기조차 한 표정을 띤다. 자기 주인보다는 영리한 편이며 따라서 눈치도 빠르지만 떠벌리기를 좋아하지 않는, 말하자면 속으로 호박씨를 까는 축이다. 의상은 회색이나 청색의 낡은 프록 코트.

보브친스키와 도브친스키 두 사람이 모두 키가 작달막한 땅딸보이고 호기심이 굉장히 강하다. 놀라울만큼 서로 닮은 데가 많다. 둘 다 배는 나오지 않았고, 손짓·몸짓을 지나치게 많이 해 가며 빠른 소리로 말한다. 도브친스키가 보브친스키보다 키가 좀 크고 주책이 없고 경솔한 편이다.

판 사 그래도 대여섯 권의 서적은 들여다본 인물로 약간 자유주의 사상에 물든 데가 있는 것 같기도 하다. 제멋대로의 추론을 무척 좋아하며, 그래서 한마디 한마디 무게 있게 말한다. 목이 쉰 것 같은 저음으로 느릿느릿 길게 뽑으며 말하는 품이, 마치 낡아빠진 괘종이 우선 지르르 소리를 내고 나서 울리는 것과 흡사함.

원 장 자선병원 원장. 몸집이 절구통처럼 뚱뚱하고 둔한, 볼꼴 사나운 인물. 그러나 겉과는 달리 대단한 구두쇠이고 속이 아주 엉큼하다. 무슨 일에든지 앞장서서 분주하게 쫓아다닌다.

우편국장 순진하리만큼 단순한 인물.

그 밖의 역에 대해서는 새삼스럽게 설명할 필요조차 없다. 그 원형은 어디서나 항상 볼 수 있기 때문이다.

배우들은 특히 마지막 장면에 주의를 기울여야 한다. 마지막 대사는 모든 사람들에게 전기와 같은 진동을 일시에 주어야 한다. 경악의 외마디 소리는 마치 가슴에서 솟구쳐 오르듯 모든 부인들의 입을 뚫고 일제히 터져나와야 한다. 이와 같은 주의사항을 준수하지 않는다면 모든 효과는 상실되고 말 것이다.

제 1 막

읍장댁의 한 방

제 1 장

읍장, 자선병원 원장, 교육감, 판사, 의사, 순경 두 사람.

읍 장 여러분, 내가 여러분에게 이렇게 모여 달라고 한 건 다름아니라, 매우 반갑지 않은 소식을 알리려는 것이오. 이 지방에 검찰관이 온답니다.
판 사 뭐, 검찰관이오?
원 장 아니, 검찰관이라니!
읍 장 검찰관이 페테르부르크(상트페테르부르크의 약칭. 제정 러시아의 수도)에서 아무도 모르게. 더욱이 비밀 명령까지 받아 가지고 떠났다는 거요.
판 사 허, 이거!
원 장 하긴 여태 너무 걱정거리가 없다 했더니 이제야 닥쳐왔군!
교육감 이거 큰일났소. 게다가 비밀 명령까지 받고 온다니!
읍 장 내 어쩐지 꿈자리가 사납더라니, 글쎄 간밤에 밤새껏 아주 괴상하기 짝이 없는 쥐를 두 마리나 꿈에 보지 않았겠소. 시꺼먼 놈이 어떻게나 큰지, 생전에 그렇게 큰 쥐는 정말 본 일이 없소! 그놈들이 슬슬 옆으로 기어오더니 킁킁 냄새를 맡아 보고는 저쪽으로 가

버리더군. 그건 그렇고, 내 안드레이 이바노비치 치므이호프한테서 온 편지를 읽으리다. 아르체미 필립포비치, 당신은 그 사람을 알겠지? 그 친구가 이런 편지를 보내 왔소. '경애하는……' (재빨리 눈으로 훑어내려가며 입속말로 중얼거린다)…… '다름 아니라' 아! 여기로군. '다름 아니라 우선 알려 드려야 할 것은, 이번에 비밀 명령을 받은 관리 한 사람이 우리 현, 그 중에서도 특히 귀하의 군을(의미심장하게 손가락을 하나 펴든다) 시찰하기 위해 도착했다는 것입니다. 그 관리는 보통 사람과 다름없이 변장하고 있지만 이것은 제가 가장 믿을 만한 소식통으로부터 알아낸 사실입니다. 귀하께서도 누구에게나 다 있는 사소한 잘못이 없을 수 없다고 추측됩니다. 현명하신 귀하께서 저절로 주머니 속에 굴러 들어오는 것을 놓치실 리 만무할 테니까……' (읽기를 멈추고) 그러나 여긴 한 집안 식구나 다름없는 사람들 뿐이니까 괜찮겠지……. '그래서 미리 경계하고 계시도록 몇 마디 알려 드리는 바입니다. 만일 아직도 그 관리가 도착하지 않았든가 혹은 어느곳에 몸을 숨기고 있다면, 언제 어떠한 시간에 나타날는지 모르는 일이오니 그리 아십시오……. 어제 저의……' 음, 여기서부터는 집안 얘기로군. '저의 누이가 남편과 함께 우리 집에 다니러 왔습니다. 이반 키릴로비치는 몸이 더욱 뚱뚱해졌는데 매일 바이올린만 켜고 있습니다……' 그리고 또 여차여차, 여차여차. 편지 내용은 대개 이렇소.

판 사 음, 이건 예삿일이 아니오. 정말 예사로운 일이 아니란 말이오. 필경 무슨 곡절이 있을 거요.

교육감 대체 무엇 때문입니까, 안톤 안토노비치? 도대체 무엇 때문에 검찰관이 여기에 온답니까?

읍 장 무엇 때문이냐구? 아마 이것도 운명이겠지. (한숨을 쉰다) 여태까진 다른 지방으로만 돌아다니더니, 기어이 이번엔 우리 차례가 왔군.

판 사 안톤 안토노비치, 여기에는 아주 미묘한, 정치적인 이유가 있다고 생각합니다. 무슨 말이냐 하면, 즉 러시아는…… 전쟁을 계획하고 있다, 그 말씀입니다. 그래서 정부에서는, 아시겠어요? 혹시 어디서 적국과 손을 잡고 반란이라도 일으키지 않을까, 그걸 살피기 위해 관리를 파견한 게 틀림없습니다.

읍 장 제기랄, 그걸 말이라고 하오? 그래도 똑똑하다는 양반이 그따위 소릴 하다니! 시골 군청 소재지에서 반란이 일어나? 그래, 여기가 국경에 있는 도시란 말이오, 뭐요? 아마 여기선 3년 동안 줄곧 달음질쳐 봐도 나라 밖을 벗어나지는 못할 거요.

판 사 아니, 실례의 말씀이지만, 잘못 생각하시는 것 같습니다. 그런 게 아니라…… 정부에서는 예민한 관찰력을 가지고 있기 때문에 아무리 먼 곳이라 해도 모조리 다 알고 있습니다.

읍 장 알고 있든 모르고 있든, 어쨌든 나는 여러분에게 미리 해둬야 할 말이 있소. 나는 직접 내 책임하에 있는 일만큼은 이렇게저렇게 적당한 조치를 취해 놨기 때문에 충고삼아 여러분들에게도 한 마디 하는 건데, 특히 아르체미 필립포비치, 당신은 정신을 단단히 차려야 할 거요! 여기 오는 관리라면 십중팔구 맨 먼저 당신의 관하(管下)에 있는 자선병원부터 보자고 할 테니까, 당신은 모든 것을 말쑥하게 해놓으란 말이오. 우선 환자들의 모자가 깨끗해야 하지. 환자들이 병원 안에서 어슬렁거리고 돌아다니는 꼴이 꼭 무슨 대장간의 직공놈들 같더군.

원 장 뭐 그것쯤은 문제가 아니지요. 모자는 깨끗한 것으로 씌울 수 있습니다.

읍 장 좋소. 그리고 침대에 일일이 라틴어라든가 무슨 외국말로 패쪽을 붙였으면 좋겠어. 이건 흐리스챤 이바노비치, 당신이 해야 할 일이지만, 거기다 병명과 누가, 언제, 병에 걸렸는지, 그 연월일을 기입하란 말이야. 그리고 당신네 병원의 환자들은, 방에 들어가면 재채기가 날 만큼 독한 담배를 언제나 피우고 있는데 그건 좋지 않소. 그리고 환자 수를 줄인다면 더욱 좋고. 그렇게 하지 않으면 당장에 감독이 불충분했다느니, 의사가 엉터리라느니 하는 말이 나올 테니까.

원 장 천만에! 환자 치료에 대해서 나는 이 흐리스찬 이바노비치와 함께 독특한 방법을 생각해 냈습니다. 즉 자연적인 상태에 가까우면 가까울수록 좋다는 거지요. 값비싼 약 같은 건 필요없습니다. 인간이란 단순하니까요. 죽을 놈은 죽는 거고, 병이 나을 놈은 가만 놔둬도 낫습니다. 게다가 흐리스찬 이바노비치는 환자들에게 병세를 설명한다든가 하는 일을 몹시 꺼려합니다. 이 사람은 러시아어를 한 마디도 모르니까요.

흐리스찬 (무슨 말인지, '이' 같기도 하고 '예' 같기도 한 소리를 낸다)

읍 장 다음은 암모스 표도로비치, 당신도 군 재판소를 좀 정돈해 둬야겠소. 청원인들이 늘 드나드는 그 바깥방 말이오. 거기서 수위가 거위를 기르는 모양인데, 조그만 새끼놈들이 발 밑에서 이리 뛰고 저리 뛰고 하더군. 물론 가정의 부업은 누구한테나 장려해야 하고 수위라고 해서 안 된다는 법은 없겠지. 그렇지만 그런 장소에선 좀 꼴사납거든……. 나는 벌써 언제부터 주의를 줘야겠다 생각하면서도 그만 깜빡 잊어버리곤 해서…….

판 사 그럼 오늘 당장 잡아서 부엌에 들여보내지요. 어떻습니까? 생각이 있으시면 점심때 오십시오.

읍 장 그 밖에도 재판소 안에는 온갖 누더기 따위를 빨랫줄에 걸어 놔서 지저분하기 짝이 없어. 그리고 서류함 위엔 사냥에 쓰는 채찍 같은 걸 매달아 놨는데 그것도 좋지 않아. 당신이 사냥을 좋아한다는 건 나도 잘 알고 있지만, 얼마 동안 그건 다른 곳에다 두는 게 좋을 거요. 검찰관이 다녀간 다음엔 다시 거기다 걸어 놔도 무방하겠지. 다음엔 그 배심원이 문제란 말이야. 그 친구는 물론 아는 건 많지만 방금 양조장에서 기어나온 것처럼 지독한 냄새를 풍기는데, 이것도 역시 좋지 않아. 내 벌써부터 당신에게 그 말을 하려 했지만 어쩌다 그만 기회를 놓쳐 버리곤 해서······. 만일 그 친구가 말하는 것처럼 그게 정말 어머니 뱃속에서부터 가지고 나온 냄새라면 그걸 없애 버리는 묘책이 있을 거요. 파나 마늘이라든가 그런 것을 먹어 보라고 하시오. 그것보다 차라리 이번 기회에 흐리스찬 이바노비치에게 여러 가지 약품을 써서 치료를 받는 것도 좋겠지.

흐리스찬 (아까와 같은 소리를 낸다)

판 사 아니, 그 냄새는 없애 버릴 도리가 없습니다. 그 친구 말을 들어 보면, 어릴 때 유모가 안고 있다가 땅에 떨어뜨렸는데 그때부터 조금씩 보드카 냄새가 나기 시작했답니다.

읍 장 뭐 나는 그저 당신에게 한 마디 해둔 것뿐이오. 그리고 그 밖에 여러 가지 뒷수습이라든가 안드레이 이바노비치가 편지에다 사소한 잘못이라고 쓴 문제에 대해선 나도 이렇다저렇다 말할 수는 없소. 사실 이렇게 말하는 건 좀 이상할지 모르지만, 털끝만한 잘못도 없는 놈이 이 세상에 어디 있겠소. 이건 말하자면, 하느님께서 처음부터 그렇게 만들어 놓으신 거니까. 자유주의 사상을 가진 자들이 이걸 비난하는 것은 옳지 않은 일이야.

판 사 안톤 안토노비치, 당신은 대체 어떤 것을 사소한 잘못이라 생각하십니까? 사소한 잘못이라 해도 다 똑같은 건 아니니까요. 나는 아무한테나 다 터놓고 뇌물을 먹는다고 말합니다. 그러나 말이 뇌물이지, 내가 무엇을 받는지 아십니까? 사냥개 새낍니다. 이런 건 전혀 뇌물이라 할 수 없지요.

읍 장 흥, 사냥개 새끼든 뭐든 그것도 역시 뇌물이야.

판 사 그렇지 않습니다, 안톤 안토노비치. 예를 들자면 말입니다. 만일 누가 500루불짜리 슈바(털외투)를 받고 그 부인이 목도리를······.

읍 장 흥, 당신이 사냥개 새끼 정도밖엔 받지 않는다 해서 그게 어쨌다는 거요? 그 대신 당신은 하느님을 믿지 않잖소. 당신이 교회에 가는 걸 난 한 번도 못 봤어. 하지만 나로 말하면 신앙이 깊어서 일요일마다 꼭꼭 교회에 나간단 말이야. 그런데 당신은……, 당신의 '우주 창조론'을 듣는다면 아마 사람들은 놀라 자빠지고 말 거요.

판 사 그건 내가 스스로 깨달은 겁니다. 내 자신의 두뇌를 가지고 말이오.

읍 장 경우에 따라선 두뇌가 좋은 것이 아주 바보보다 나쁠 수도 있지. 그건 그렇고, 내가 군 재판소에 대해서 말한 건, 그저 그렇게 말해 본 것뿐이고, 사실은 그런 데를 들여다볼 사람은 아무도 없을 거요. 참 부러운 곳이야. 말하자면 신명(神明)의 가호가 있는 곳이지. 다음은 루카 루키치, 당신은 교육감의 입장에서 특히 교원들을 주의해야겠더군. 그 친구들은 물론 전문학교까지 나왔으니 지식은 있을지 모르지만, 원래가 교원이란 작자들은 모두 그 모양인지 언동이 아주 괴상망측하단 말이야. 예를 들면, 그 얼굴에 비지 살이 잔뜩 붙은 친구가 있는데…… 성이 뭔지 생각나진 않지만, 그 친구는 교단에 올라가면 언제나 얼굴을 찌푸리는 버릇이 있어. 이렇게 말이야. (얼굴을 찌푸린다) 그러고는 넥타이 밑으로 턱수염을 쓰다듬기 시작하더군.

학생들한테 그런 표정을 짓는 건 물론 나무랄 필요가 없겠지. 그렇게 함으로써 교육적인 효과가 있을지도 모르니까. 난 거기 대해서는 옳다거니 그르다거니 할 수 없소. 하지만 귀빈들한테 그 따위 표정을 지으면 어떻게 되겠는가 한번 생각해 보시오. 검찰관 각하나 혹은 다른 분은 자기한테 고의적으로 그런다고 생각할지도 모르니까 큰일이란 말이오. 그런 일 때문에 무슨 결과가 초래 될지 누가 알겠소.

교육감 정말 그 친구는 어떻게 해야 좋을지 모르겠습니다. 벌써 몇 번이나 주의를 주었는데요. 바로 요 며칠 전에도, 군 귀족회장이 교실에 들어가려 한 순간, 그 친구가 아주 무시무시한 얼굴을 했습니다. 난 그런 얼굴은 생전 본 일이 없어요. 본인이야 뭐 다른 뜻이 있어서 그런 건 아니지만 덕분에 나는 견책을 받았습니다. 어째서 젊은 사람들에게 자유사상을 불어 넣느냐고요.

읍 장 그리고 그 역사 담당 교원에 대해서도 한 마디 해 둬야겠소. 그 친구는 그야말로 학자야. 그건 나도 알고 있어. 굉장히 아는 게 많은 것 같더군. 한 가지 곤란한 건 제정신이 아닐 지경으로 너무나 강의에 열을 낸다는 거요. 나도 한 번 그 친구 강의를 들은 일이 있는데, 아시리아니 바빌로니아에 대해 말할 때는 그래도 별일 없었지만, 이야기가 마케도니아의 알렉산더 대왕에 미치자, 글쎄, 그 친구가 무슨 짓을 했는지 아시오? 난 불이 난 줄 알았소. 이건 거짓말이 아니오! 느닷없이 교단에서 달려 내려오더니 의자를 번쩍 들어서 냅다 마룻바닥에 내려치더라니까! 그야 물론 마케도니아의 알렉산더 대왕이 영웅임엔 틀림없겠지만, 무엇 때문에 의자는 두들겨 부수느냐 말이야? 그 때문에 국고금에 축이 나지 않겠소.

교육감 네, 그 친구는 걸핏하면 흥분을 해서 탈입니다. 벌써 몇 번이나 주의를 주었지만……, '마음대로 하시오, 나는 학문을 위해선 목숨을 바칠 각오입니다' 하고 나오니 어쩔 수 있어야지요.

읍 장 음, 그건 우리가 이해할 수 없는 운명의 법칙일 거요. 학식이 있다는 인간은 그렇게 미치광이가 아니면, 성상이라도 가지고 피해 달아나야 할 만큼 험상궂은 얼굴을 하니 말이야.

교육감 제기랄, 교육감 노릇도 못 해먹을 짓이야! 맨날 걱정거리가 그칠 새 없군. 너도 나도 자기가 유식한 인간이라는 걸 보이려고 함부로 간섭을 하려드니, 내 원!

읍 장 그것쯤은 그래도 약과요. 아무도 모르게 암행어사 격으로 나타난다는 게 문제란 말이오! 불시에 얼굴을 내밀고, '다들 여기 있나? 이 고장 판사는 누군가!' 하고 물을 거요. '랴프킨 차프킨올시다'—'랴프킨 차프킨을 이리 불러와! 자선병원장은 누군가?'—'제믈랴니카올시다'—'그럼 제믈랴니카도 불러와!' 바로 이런 게 골치 아픈 문제거든!

제 2 장

우편국장 등장.

우편국장 여러분, 대체 어떤 양반이 오신답니까?
읍 장 그래, 당신은 아직 듣지 못했단 말이오?
우편국장 피오트르 이바노비치 보브친스키에게 듣긴 들었습니다. 그 사람이 방금 우리 우편국에 들러서 말하더군요.
읍 장 그래 어떻소? 당신은 이 문제에 대해 어떻게 생각하오?
우편국장 어떻게 생각하냐구요? 터키와 전쟁을 하려는 모양입니다.
판 사 맞았어! 어쩌면 그렇게 내 생각하고 똑같을까!
읍 장 홍, 맞히기는 잘들 맞혔군그래!
우편국장 틀림없어요. 터키와 전쟁이 붙을 겁니다. 모두가 다 프랑스 놈들이 시키는 짓입니다.
읍 장 전쟁은 무슨 전쟁! 전쟁이 일어나서 손해를 보는 건 우리뿐이지 터키는 아니야. 그건 이미 다 알고 있는 사실이오. 거기 대해서도 나는 편지를 받은 게 있소.
우편국장 그렇다면 터키와는 전쟁을 하지 않겠군요?

읍 장 그건 그렇고, 이반 쿠지미치, 당신은 어떻소?
우편국장 나야 뭐 알겠습니까. 그런데 안톤 안토노비치, 당신은 어떻습니까?
읍 장 어떠냐구? 뭐 겁날 건 하나도 없지만, 그래도 좀 …… 상인들과 일반 시민들이 꺼림칙하군. 내가 그놈들에게 몹시 심하게 군다는 말이 있지만, 솔직히 말해서 두세 놈한테 뇌물을 받아먹었다 해도 절대로 미워서가 아니야. 나는 이렇게도 생각해 보았는데 (국장의 팔을 잡고 한쪽으로 끌고 가서) 혹시 어느 놈이 나를 상부에 밀고하지나 않았나 하고 말이야. 그렇지 않다면 사실 검찰관이 이런 곳에 뭘 하러 오겠소! 그러니까 이거 봐요, 이반 쿠지미치. 우리들 전체의 이익을 위해 우편국을 거치는 편지를, 보내는 것이나 받는 것이나 할 것 없이 모조리 좀 뜯어 볼 수 없을까. 말하자면 상부에 밀고한다든가 혹은 무슨 연락을 취하는 내용이 없는가 읽어 보잔 말이오. 그런 내용이 없다면 다시 봉투를 붙이면 그만이지. 하긴, 뭐 개봉한 채 그냥 보내도 무방하지만…….
우편국장 네, 네, 알 만합니다. 그런 말씀하시지 않아도 벌써부터 실시하고 있지요. 하기는 무엇을 경계해서라기보다는 주로 호기심 때문입니다만. 세상의 여러 가지 내막을 알아본다는 것은 그야말로 흥미진진합니다. 그것만큼 재미있는 읽을거리는 없다고 감히 단언합니다! 어떤 것은 심심풀이로 그 이상이 없을 만큼 흥미 있는 내용도 있어요. 여러 가지 사건이 기록되어 있거든요. 교훈적인 면도 있습니다만 '모스크바 통신'보다도 더욱 재미있어요!

읍 장 그런데 어떻소? 페테르부르크에서 온 관리에 대해서 뭐 읽은 건 없소?

우편국장 없었습니다. 페테르부르크에 대한 건 한 장도 없지만, 코스트롬이라든가 사라토프에 관한 건 많더군요. 하지만 당신이 편지를 읽지 못한 게 유감천만입니다. 그럴 듯한 내용이 있어요. 바로 얼마 전에도 어떤 중위가 자기 친구에게, 무도회에 대해서 아주 재미있게 썼더군요. 정말 그럴 듯합니다. '사랑하는 벗이여, 나의 생활은 천상의 낙원이다. 처녀들은 떼를 지어 모여들고, 음악이 울려 나오고, 군기가 내닫는다……' 그야말로 정서가 넘쳐흐르는 문장이더군요. 그래서 그걸 일부러 호주머니 속에 넣어 두었습니다. 한번 읽어 드릴까요?

읍 장 지금 그런 걸 듣고 있게 됐소? 하지만 이반 쿠지미치, 다시 부탁하겠는데, 만일 진정서라든가 밀고 따위를 보면 뭐 아무것도 생각할 필요 없이 서슴지 말고 압수해 버리시오.

우편국장 그야 뭐 말씀할 나위가 있겠습니까.
판 사 조심하게. 그러다간 언제든 한 번 걸려들고야 말 테니.
우편국장 그래? 그렇다면 이거 큰일인데!
읍 장 괜찮아, 괜찮아. 당신이 그걸 세상에 폭로한다면 별문제겠지만, 이건 어디까지나 우리들끼리만 알고 하는 것이니 문제될 건 없어.
판 사 흥, 나중엔 별 못된 짓을 다하는군! 그런데 안톤 안토노비치, 나는 마침 암캐 한 마리를 갖다 드리려고 댁에 오던 참이었습니다. 당신도 아시는 그 수캐와 한 배지요. 들으셨겠지만, 체프토비치와 바르호빈스키가 소송을 일으켜서 요즘 나는 아주 경기가 좋습니다. 양쪽의 영지에서 번갈아 가며 토끼 사냥을 할 수 있으니까요.
읍 장 지금 그 따위 토끼 얘기가 내 귀로 들어오게 됐소? 내 머릿속은 그놈의 미행인가 하는 것 때문에 다른 건 생각할 여유가 없어. 지금 당장에라도 문이 휙 열리고 불쑥 들어온다면……

제 3 장

보브친스키와 도브친스키, 두 사람이 모두 헐레벌떡 등장.

보브친스키 크, 큰일났습니다!
도브친스키 뜻밖의 소식입니다!
일   동 뭐야, 무슨 일이야?
도브친스키 정말 뜻밖의 일입니다. 우리가 여관엘 갔더니
…….
보브친스키 (가로채며) 피오트르 이바노비치와 여관엘 갔더니…….
도브친스키 (가로채며) 이것 봐, 피오트르 이바노비치, 미안하지만 내가 얘기하겠네.
보브친스키 아니, 안 돼, 내가 해야지…… 가만 있게. 자네 말주변 가지곤 어림도 없네.
도브친스키 자네 얘기는 갈피를 잡을 수 없어. 그리고 모두 생각해 내지도 못할 테니까.
보브친스키 모두 생각해 낼 수 있어. 암, 생각해 내고말고. 내가 얘기할 테니 제발 방해하지 말게! 여러분, 피오트르 이바노비치가 내 말을 방해하지 않게 해주십시오.

읍 장 자, 빨리 얘기나 하게, 도대체 무슨 일인가? 가슴이 답답해 죽겠군. 여러분, 자리에 앉으시오. 자, 여기 앉게나! 피오트르 이바노비치, 자네도 거기 앉게! (일동, 두 사람을 에워싸고 의자에 앉는다) 그럼 얘기해 보게, 무슨 일인가?

보브친스키 네, 네, 지금 처음부터 차근차근 말씀드리지요. 읍장님께서 그 편지를 받으시고 몹시 당황해 하시는 걸 보고 댁에서 물러나오자 곧장 달려갔습니다. 이젠 제발 말을 가로채지 말게, 피오트르 이바노비치. 난 하나도 빼놓지 않고 다 기억하고 있으니까. 그래서 말씀입니다. 나는 코로브킨한테 달려갔습니다. 그러나 코로브킨이 집에 없었기 때문에, 발길을 돌려 라스타코프스키한테 갔지요. 그랬더니 라스타코프스키도 어디 가고 없어서, 그 소식을 전하려고 이반 쿠지미치한테 들렀습니다. 거기서 나오다 피오트르 이바노비치를 만나서……

도브친스키 (가로채며) 고기만두를 파는 구멍가게 앞에서……

보브친스키 고기만두를 파는 구멍가게 앞에서 피오트르 이바노비치와 만나서 '자네, 안톤 안토노비치가 믿을 만한 곳에서부터 편지를 받아 알게 된 소식을 들었나?' 하고 물었더니 피오트르 이바노비치는 벌써 읍장님댁 하녀인 아브도차한테 들었다더군요. 무슨 일 때문인지는 모르겠지만 그 여자는 필립프 안토노비치 포체추예프네 집에 심부름을 갔었답니다.

도브친스키 (가로채며) 프랑스 보드카 통을 가지러 갔었습니다.

보브친스키 프랑스 보드카 통을 가지러 갔었습니다. 그래서 피오트르 이바노비치와 둘이서 포체추예프한테 가자고 했지요. 여보게, 피오트르 이바노비치, 여기선 저, 정말 가로채지 말게, 제발 잠자코 있게! 그래서 포체추예프네 집으로 가다가 도중에 피오트르 이바노비치가 말하기를, '우리 주막집에나 가보세. 난 배가…… 아침에 아무것도 먹지 않았더니 뱃속에서 이렇게 쪼르륵 소리가 나네……' 정말 피오트르 이바노비치의 뱃속에선 쪼르륵거리는 소리가 들리더군요. '자, 주막으로 가세. 지금 신선한 연어가 와 있다니 우리 가서 맛 좀 보세나' 하고 끌지 않겠습니까. 그래서 우리가 여관에 들어가자 바로 거기 어떤 젊은 사람이……

도브친스키 (가로채며) 허우대가 좋고, 평복을 입은…….

보브친스키 허우대가 좋고 평복을 입은 한 사람이 이렇게 방 안을 거닐고 있지 않겠습니까. 아주 이렇게 심각한 표정을 하고 말입니다. 얼굴 생김새라든지 그 거동이라든지, 그리고 여기도(이마 위로 손을 올려 동그라미를 그런다) 아주 그야말로 흠잡을 데가 없었습니다. 나는 어쩐지 어떤 육감 같은 것이 들어서 피오트르 이바노비치에게, 아무래도 수상하다고 말했습니다. 네, 그랬더니 피오트르 이바노비치는 어느새 벌써 여관 주인을 손짓으로 부르더군요. 여관 주인 블라스 말입니다. 그 집 마누라는 3주일 전에 해산을 했습니다. 아주 투실투실한 사내앤데, 역시 크면 제 아비처럼 여관을 경영하게 되겠지요. 블라스를 불러 가지고 피오트르 이바노비치가 귓속말로, '저 젊은 친구는 누구야?' 하고 물었더니, 블라스가 대답하기를, '저분은……' 이거 봐, 끼어들면 안 되네, 피오트르 이바노비치. 제발 입을 봉하고 있게. 자네 말주변 가지곤 얘기할 수 없을 거야. 암, 할 수 없고말고! 자넨 혀가 잘 돌아가지 않아. 자네 입 안에서 이가 한때 괴상한 소릴 냈다는 걸 난 알고 있네. 주인이 말하기를, '저 젊은 분은', 똑똑히 들으십시오. '페테르부르크에서 온 관리인데, 이름은 이반 알렉산드로비치 흘레스타코프라 합니다. 사라토프 현으로 가는 길이라지만 여간 이상한 분이 아닙니다. 벌써 2주일째 여기 묵고 계신데 떠날 생각을 하시는 것 같지도 않고 또 무엇이든지 다 외상으로 잡수시면서 한푼도 계산하려 하지 않습니다그려' 하고 주인이 말하는 것을 듣는 순간 나는 마치 계시라도

받은 것 같았습니다. '여보게!' 하고 나는 피오트르 이
바노비치에게 말했지요.

도브친스키 틀렸어, 피오트르 이바노비치. '여보게!' 한
  건 나야.

보브친스키 처음에는 자네가 말하고 그 다음에 내가 말하
  지 않았나. 아무튼 우리들은 '여보게!' 하고 말했습니
  다. '사라토프 현으로 간다는 사람이 어째서 이런 데
  서 오래 머물러 있을까!' 틀림없습니다. 그 사람이야
  말로 바로 그 관리입니다.

읍 장 누구라구? 관리라니, 무슨 관리란 말인가?

보브친스키 네, 관리입니다. 읍장님이 통지를 받으신 그
  검찰관이지요.

읍 장 (움찔하며) 뭐라고, 허튼 소리 하지도 말게, 그럴 리
  가 없어!

도브친스키 바로 그 사람입니다! 돈도 내지 않고, 그렇다
  고 가지도 않고. 그 사람이 아니면 누구란 말씀입니
  까? 여행증에도 사라토프로 간다고 적혀 있습니다.

보브친스키 그 사람입니다. 그 사람이에요. 틀림없이 그
  사람입니다. 아주 눈이 무서운데다가 쉴 새 없이 무엇
  을 살펴보고 있는 눈치였습니다. 내가 피오트르 이바
  노비치와 연어를 먹고 있는 것을 보더니, 피오트르 이
  바노비치가 하도 배가 고프다고 해서 먹었지만, 그 사

람은 이렇게 우리 접시 속까지 들여다보더군요. 얼마
나 세세한 것까지 일일이 살펴보는지, 나는 등골이 오
싹했습니다.
읍 장 주여, 죄 많은 우리들을 용서해 주시옵소서! 그래
피오트르, 그분은 어느 방에 묵고 계시던가?
도브친스키 층계 밑에 있는 5호실입니다.
보브친스키 작년에 출장 왔던 장교들이 싸움을 한, 바로
그 방이지요.
읍 장 여기 온 지가 오래 됐다던가?
도브친스키 벌써 한 2주일 되었답니다. 이집트의 성인(聖
人) 바실리의 축일에 왔다니까요.
읍 장 2주일이나 됐어! (방백) 이거 정말 큰일이로구나!
아아, 하늘에 계신 성인들이여, 나를 도와주소서! 지
난 2주일 동안에 하사(下士)의 마누라한텐 매질을 했
고, 죄수들에겐 식량을 지급하지 않았고, 게다가 길거
리는 선술집처럼 지저분하고! 아아, 창피가 이만저만
이 아니겠군! 이거 정말 면목이 없구나. (두 손으로 머
리를 움켜쥔다)
원 장 어떻겠습니까, 안톤 안토노비치? 공식적으로 여관
을 방문한다면?
판 사 아니, 그건 안 될 말이야! 선두에 읍장이 서고, 그
다음 성직자, 상인의 순으로 가야 합니다. ≪요안 마

손의 행적≫이란 책에도 그렇게······.
읍 장 그만, 그만. 그 문제는 나한테 일임하시오. 나는 일생 동안 어려운 고비에 여러 번 부닥쳤지만, 모두 무사히 넘겼을 뿐더러 고맙다는 말까지 들은 사람이오. 어쩌면 이번에도 하느님께서 도와주실 거요. (보브친스키에게) 그 사람은 나이가 젊다고 했겠다?
보브친스키 네, 젊습니다. 기껏해야 스물셋이나 넷밖엔 안 돼 보이더군요.
읍 장 음, 더욱 좋아. 애송이라면 금방 속을 들여다볼 수 있으니까. 늙은 여우라면 다루기가 힘들겠지만 애송이들은 아무래도 겉으로 나타나거든. 그럼 여러분, 각자 자기가 맡은 부문에 적절한 조처를 취하도록 하시오. 나는 혼자서, 그렇지 않으면 여기 이 피오트르 이바노비치라도 데리고 바람도 쐴 겸, 손님들이 불편을 느끼는 점은 없나, 그런 것도 시찰하는 체하고 한번 가보겠소. 여보게 스비스투노프!
스비스투노프 네, 무슨 말씀입니까?
읍 장 곧 가서 서장을 불러오게. 아, 그렇지, 자넨 좀 볼일이 있어. 될 수 있는 대로 빨리 서장을 이리 오라한다고 누구 다른 사람을 보내고 자넨 다시 들어오게.

    순경, 급한 걸음걸이로 달려나간다.

원 장 자, 어서 가세, 암모스 표도로비치. 정말 무슨 변이 일어날지 누가 아나.

판 사 자네야 뭐 그리 겁낼 게 없지 않나? 환자들에게 깨끗한 모자만 씌우면 그만일 텐데.

원 장 모자뿐인 줄 아나! 환자들에게는 보리가루로 만든 고급 수프를 먹이게 돼 있는데 우리 병원 복도에선 양배추 냄새가 코를 찌르거든.

판 사 그런 점에선 나야 아주 상팔자지. 사실 누가 시골 재판소 같은 델 들러 볼 생각을 하겠나? 혹시 들러서 무슨 서류라도 한 번 들여다보면 아마 세상에 산다는 게 귀찮아지고 말걸세. 나는 벌써 15년 동안이나 판사 자리에 앉아 있지만, 그런데도 보고서 같은 걸 보면 골치가 아파져서 손을 내저을 수밖에 없다네. 그 보고서의 어디까지가 진실이고 어디까지가 허위인지, 아마 솔로몬 왕이라도 알아낼 재주가 없을 거야. (판사, 자선병원 원장, 교육감, 우편국장 퇴장하다가, 들어오는 순경과 문턱에서 부딪힌다)

제 4 장

읍장, 보브친스키, 도브친스키, 순경.

읍 장 어떻게 됐어, 마차는 준비됐나?
순 경 준비됐습니다.
읍 장 그럼 밖에 나가 봐…… 아니, 자넨 그걸 좀 갖다 주게. 그런데 다른 놈들은 어디 갔어? 그래 자네 혼자 밖에 없나? 프로호로프도 이리 오라고 지시했는데 어떻게 됐어? 프로호로프란 놈은 어디 있냐 말야?
순 경 프로호로프는 서에 있습니다만 지금은 아무 일도 시킬 수 없을 겁니다.
읍 장 그건 또 왜?
순 경 글쎄, 오늘 아침, 술에 취해 죽은 사람처럼 늘어진 것을 마차에 싣고 왔습니다. 벌써 냉수를 두 바가지나 퍼부었는데도 여태 정신을 차리지 못하고 있답니다.
읍 장 (두 손으로 머리를 움켜쥐며) 아아, 이런 망할 놈의! 빨리 밖으로 나가! 아니, 우선 내 방에 뛰어가서, 알겠나, 내 사벨하고 새로 만든 모자 있지? 그걸 가져오게. 그럼 피오트르 이바노비치, 가보세.
보브친스키 읍장님, 나도…… 함께 모시고 가게 해주십시오!

읍 장 안 돼, 안 되겠어. 피오트르 이바노비치. 그건 안
    될 말이야! 두 사람씩이나 데리고 간다는 것도 거북
    하지만, 마차에 자리도 없어.
보브친스키 아니, 괜찮습니다. 난 마차 뒤로 껑충껑충 뛰
    어서 따라가겠습니다. 난 그저 문틈으로 살짝 들여다
    보고 싶어서 그럽니다. 그분이 어떤 태도를 취하시나.
읍 장 (사벨을 받으며 순경에게) 자넨 곧 달려가서 통장, 반
    장을 불러 가지고 모두들 한 자루씩…… 원, 이 사벨
    엔 웬 흠집이 이렇게 많아! 그 아브둘린이란 상인놈
    의 새끼, 읍장이 낡아빠진 사벨을 차고 있다는 걸 뻔
    히 알면서도 새것을 보내지 않다니, 능청스런 놈들!
    어쩌면 그 악당놈들은 벌써 밀고장을 써서 팔소매 속
    에 넣고 다니는지도 모르지. 그럼 모두들 길거리를 손
    에 들고, 제기랄 길거리를 손에 들다니! 빗자루를 손
    에 들고 길거리를 쓸게 하게! 여관으로 가는 길을 말
    끔히, 알겠나? 자넨 정신을 차려야 하네! 자네가 거
    기서 알랑거리고 있다가 은수저를 슬쩍해 가지고 장
    화 속에 찔러 넣은 걸 내 다 알고 있어! 정신 차려,
    무슨 짓을 해도 모조리 내 귀에 들어오니까. 그리고
    체르나예프라는 상인하곤 무슨 짓을 했나, 응? 그놈
    이 자네한테 양복감을 두 마 내놓으니까 자넨 한 필
    을 몽땅 뺏어먹지 않았느냐 말이야. 조심하게, 먹어도

분수에 맞게 먹어야지! 좋아, 이젠 가게!

제 5 장

경찰서장 등장.

읍 장 아, 스테판 일리치! 도대체 어딜 싸돌아다니는 거야? 이래서야 어디 일해 먹겠나?

경찰서장 방금 대문 밖에 와 있었습니다.

읍 장 이거 봐요, 스테판 일리치! 페테르부르크에서 관리가 왔는데 당신은 대체 무엇을 수배해 놓았소?

경찰서장 네, 읍장님께서 지시한 대로 했습니다. 푸고비츠인 순경한테 통장, 반장들을 동원해서 길거리를 청소하게 했지요.

읍 장 그럼 제르지모르다는 뭘 하오?

경찰서장 소방 펌프에 딸려 보냈습니다.

읍 장 프로호로프는 아직 술이 깨지 않았소?

경찰서장 네, 아직 깨지 않았습니다.

읍 장 당신은 어째서 그따위 녀석을 그냥 내버려 두었느냐 말이오?

경찰서장 그놈은 정말 사고덩어립니다. 어제 시외에서 싸움판이 벌어져 그걸 뜯어말린다고 갔는데 그렇게 녹초가 돼서 돌아왔습니다.

읍 장   그럼 이거 봐, 당신은 이렇게 하시오. 푸고비츠인 순경은, 그놈은 키가 크고 허우대가 좋으니까 한길을 정리합네 하고 다릿목에 세워 놓으시오. 그리고 구둣방 옆의 그 낡아빠진 울타리는 당장 철거하고 마치 도시계획을 위해 정지(整地)해 놓은 것처럼 푯말을 세워 놓으란 말이오. 철거를 많이 시키면 시킬수록 읍장의 활약이 인정될 테니까. 아니, 그게 아니야! 내 그만 깜빡 잊었었군. 그 울타리 안에는 마차로 사십 대분이나 되는 쓰레기더미가 있지. 빌어먹을 이런 더러운 놈의 거리가 어디 있담! 그저 어디다 기념비를 세우든지 울타리를 쳐놓든지 하면, 도대체 어디서 나오는 건지 쓰레기가 산더미처럼 쌓이거든! (한숨을 쉰다) 혹시 그 관리가 밑엣놈들한테 '뭐 불만은 없는가?' 하고 묻거든, '각하, 불만은 하나도 없습니다'라고 대답하도록 미리 일러 두시오. 불만이 있다고 하는 놈이 있으면 나중에 단단히 혼을 내줘야지. 아아, 아아! 내가 이거 무슨 팔자에 이런 꼴을 당하나! (모자 대신에 모자통을 집어든다) 하느님, 한시바삐 이 재난이 물러가게 해주시옵소서. 그 은혜에 보답하기 위해서라면 여지껏 아무도 바친 일이 없는 커다란 초를 교회에 봉납하겠습니다. 그 노랭이 같은 상인놈들한테, 한 놈 앞에 밀(蠟) 열다섯 관씩만 배당시키면 될 거야. 아,

이런 변이 어디 있나! 그럼 피오트르 이바노비치, 가 보세! (모자 대신에 두꺼운 종이로 만든 모자통을 쓰려 한다)

경찰서장 안톤 안토노비치, 그건 모자가 아니라 모자통입니다.

읍 장 (모자통을 내던진다) 통이든 뭐든 좋아! 이런 제기랄! 아, 그리고 5년 전에 예산이 통과된 자선병원 부속 교회는 왜 짓지 않았느냐고 물으면, 잊어버리지 말고 이렇게 대답하시오. 착공은 했었는데 도중에 화재로 소실되었다고. 나도 그렇게 보고해 놨는데, 혹시 어쩌다 누가 그걸 까먹고, '아직 일을 시작하지도 않았습니다'라고 했다간 큰일이란 말이야. 그리고 제르지모르다 순경한테 너무 함부로 주먹을 휘두르지 말라고 타이르시오. 그 녀석은 취조를 한다고, 이놈 저놈 가리지 않고 잘못이 있거나 없거나 용서 없이 눈밑에 멍이 들게 후려갈기니 말이야. 자 가세, 피오트르 이바노비치. (나가다가 다시 되돌아오며) 참, 그 다음에 병사들 말이오, 제대로 옷을 입히지 못하겠으면 절대로 한길로 내보내지 마시오. 그 거지새끼 같은 수비대 병정놈들은 루바시카 위에다 군복을 껴입고 아랫도리엔 아무것도 입지 않았더군. (일동 퇴장)

제 6 장

안나 안드레예브나, 마리야 안토노브나, 무대로 뛰어나온다.

안 나 어디 계시지, 모두들 어디 계셔? 원 이런! (문을 열며) 여보! 여보! 아니, 여보! (빠른 소리로) 너 때문이다, 너 때문이야! '내 머리 핀이, 내 머리 수건이' 하며 꿈지럭거리더니만……. (창문 쪽으로 달려가 소리친다) 여보, 어디 가세요! 네? 누가 왔다구요? 검찰관이오? 수염을 기른 사람? 어떤 모양으로 길렀지요?

읍장의 목소리 이따가, 이따가, 얘긴 이따가 합시다.

안 나 이따가? 이따가라니? 난 싫어요, 지금 얘기하세요, 한 마디만이라도. 그분은 뭐지요, 대령인가요? 네에? (멸시하듯이) 홍, 그냥 가버렸지, 어디 두고 보자! 이렇게 된 게 다 너 때문이야. '어머니, 어머니, 잠깐만 기다려요, 머리 수건 뒤에 핀을 꽂을 테니. 이제 금방 돼요' 하며 꾸물거렸기 때문이지 뭐냐. 그래 금방 된다는 게 이렇게 됐구나? 너 때문에 하나도 듣지 못하지 않았니! 멋은 꽤나 부리려 드는구나. 우편국장이 왔단 말을 듣고는 부리나케 경대 앞에 달려가 앉아서 이쪽을 들여다보고 저쪽을 들여다보고…… 그분이 그래 너한테 마음이나 있는 줄 아니? 미안하지만 그분은 네가 옆으로 얼굴을 돌리면 낯을 찡그리곤 하시더라.

마리야 그렇지만 어머니, 나더러 어쩌란 말예요? 이제 두 시간만 있으면 다 알게 될 텐데요, 뭐.

안 나 두 시간만 있으면 된다구! 얘, 참 고맙구나, 반가운 대답을 해줘서! 왜 이젠 한 달만 있으면 더 잘 알 거라고 대답하지 않구! (들창에 매달리며 밖을 향해) 얘, 아브도차야! 얘, 얘, 아브도차야! 너 누가 왔단 말 들었니? 못 들었어? 바보 같은 년, 주인 어른이 손을 흔든다구? 까짓 손 흔들든 말든 상관없지만, 넌 그런 거나 잘 들어 뒀으면 좋았을걸. 아무것도 알아내지 못하다니! 머릿속엔 쓸데없는 게 가득 들어 있겠지, 만날 놈팽이 생각만 하고 있으니까. 뭐라구? 다들 급하게 가버리셨다구! 그럼 넌 마차 꽁무니를 쫓아가 봐라, 지금 곧. 빨리 달려가서 모두들 어디로 가셨는지 알아보란 말이야. 똑똑히 잘 물어 봐야 해. 어떤 사람이 왔는지, 그리고 어떻게 생긴 사람인지, 알겠니? 문틈으로 잘 들여다봐야 한다. 눈은 어떤지, 까만지, 그렇지 않은지. 그리고 곧 돌아와, 알겠니? 그럼 빨리, 빨리, 빨리, 빨리!

막이 내릴 때까지 연거푸 소리친다. 곧 막이 내리며 들창가에 서 있는 두 사람을 가린다.

제 2 막

자그마한 여관 방. 침대, 탁자,
트렁크, 빈 물병, 장화,
옷솔 등등

제 1 장

오시프, 주인의 침대에 누워 있다.

오시프 빌어먹을 것. 원 이렇게 배가 고파서야 견딜 수가 있나. 뱃속에선 1개 연대의 병력이 나팔을 불어 대기라도 하는 것처럼 쭈르륵꾸르륵 별난 소리가 다 나는군. 이래 가지곤 집에 돌아갈 것 같지도 않아! 대체 어떡할 작정이야? 페테르부르크를 출발한 지도 벌써 두 달째 접어들지 않느냔 말이야! 여비는 도중에서 몽땅 털리고는, 주인 양반, 이젠 이런 데서 사타구니에 꼬리를 말아 넣고 주저앉아 버릴 셈인가. 그래도 천하태평이니, 내 참! 그 양반이 그따위 짓만 안 했어도 마차값 정도는 넉넉히 남았을 텐데, 암, 남다뿐인가. 하지만 그게 아니야. 어디를 가든지, 가는 곳마다 허세를 부리지 않고는 못 배겨 나거든! (주인의 흉내를 낸다) '이거 봐, 오시프, 가서 썩 좋은 방을 하나 구하게. 식사도 제일 고급으로 주문하고. 난 맛없는 음식은 먹지 못하니까 아주 고급이라야 하네.' 이런 식으로 나오지. 그것도, 솔직히 말해서, 뭐 뒤가 든든하다면 몰라도 겨우 12등관밖에 안 되는 양반이! 길 가다만난 놈과 어울려 가지고는 이내 도박판을 벌이더니, 결국은 동전 한닢 없이 홀랑 털리고 말지 않았느냐 말야. 에이, 이런 생활도 이젠 지긋지긋해! 정말이지 시골에서 사는 편이 훨씬 낫겠어. 변화하지 않은 대신에 고생은 덜하지. 여편네나 하나 얻어 가지고 날마다 침대 위에서 뒹굴면서, 만두나 먹고 있으면 되니까 말야. 사실, 어느 쪽이 좋으냐고 하나씩 따지고 들면, 물론 페테르부르크보다 나은 건 하나도 없지. 돈만 있으면 얼마든지 고상하고 멋진 생활을 할 수 있으니까. 극장이라는 델 가면 개새끼까지 나와서 춤을 추고, 그야말로 뭐든지 하고 싶은 짓은 다할 수 있거든. 말을 하는 데도 귀족 못지않게 고상한 말씨를 쓰지 않나, 시장에 나가면 장사꾼놈들이 나를 '나리님'이라 부르질 않나, 나룻배에 탈 땐 버젓이 관리 양반들과 함께 탈 수 있질 않나. 그리고 동무가 없어서 심심할 땐 구멍가게로 찾아가면 그만이지. 거기 가면 기병장교가 앉아서 전쟁 얘기를 들려 주기도 하고, 또 하늘에 있는 별들은 하나하나가 이러이러한 까닭이 있다고 손바닥을 들여다보는 것처럼 자세히 설명해 주거든. 늙어빠진 장교 마누라도 지나다 들르고, 또 이따금 예쁘장한 뉘댁 하녀도 얼굴을 들이밀 때가 있지……. 흐, 흐, 훗! (생각난 듯이 웃으며 머리를 흔든다) 그것뿐인가,

제기랄, 말은 해서 뭘 해. 사람 대접이 그 이상 점잖고 상냥한 데가 어디 있느냐 말야. 상스러운 말은 한 번도 들은 적 없고 누구든지 당신이라 부르지. 걷다가 지치면 나리님들처럼 마차를 불러 올라타면 그만이고, 차삯을 주기 싫을 땐 그것도 문제 없어. 집집마다 뒤로 빠지는 샛문이 있으니까 제아무리 귀신 같은 놈이라도 찾아낼 수 없게 감쪽같이 사라져 버리면 된단 말이야. 한 가지 재미없는 건, 이따금 맛있는 걸 배가 터지게 먹다가도 그 다음엔 꼭 지금처럼 굶어 죽을 지경을 당하곤 한다는 거지. 모두가 주인 양반 덕분이야. 그야말로 사고덩어리라니까! 부친이 돈을 부쳐 주시면, 그래도 얼마 동안은 그걸 두고 써야 할 텐데 천만의 말씀이지! 당장 돈을 뿌리러 나가거든. 쓸데없이 마차를 불러타고 싸돌아다니질 않나, 매일같이 극장 표를 사오라질 않나. 그러나 일주일만 지나면 새로 맞춘 모닝코트를 고물 시장에 내다 팔라는 거야. 어떤 땐 하나밖에 없는 셔츠고 뭐고 몽땅 팔아먹고, 프록코트와 외투밖에 안 남을 때도 있지. 이건 절대로 거짓말이 아니야! 나사로 말하면, 영국제니까 정말 대단하지! 모닝코트 한 벌에 150루블이나 하는 걸 시장에 내가면 기껏해야 20루블에 팔아야 하고, 양복바지 같은 건 말할 것도 없어. 불과 몇 푼도 주지 않거든. 그런데 어째서 그 모양이냐구? 일은 안 하고 놀고 먹기만 하니까 그렇지. 관청엔 나가지 않고 거리에 나가 돌아다니지 않으면 트럼프장이나 뒤집고 있으니 말이 되느냐 말야. 그걸 만약 부친이 아신다면, 홍! 아들이 관리가 됐든 뭐가 됐든 루바슈카를 걷어 올리고 호되게 볼기를 치실 거야. 그럼 아마 한 나흘쯤은 엉덩이를 어루만지고 있어야 할걸. 관청 생활을 하려면 제대로 출근을 해야 할 게 아니냐 말야. 지금도 여관 주인 말이 여태까지 외상 먹은 걸 다 계산해 주지 않으면 더 이상 먹을 걸 주지 않겠다는데, 그래, 돈을 주지 않으면 어쩔 셈인가? (한숨을 쉰다) 아아, 빌어먹을, 하다못해 무슨 국물이라도 좀 먹었으면! 지금 같아선 이 세상을 전부 다 먹어도 시원치 않을 것 같군. 아, 누가 문을 두드린다. 아마 주인 양반이 오는 모양이군. (재빨리 침대에서 뛰어내린다)

제 2 장

오시프, 흘레스타코프.

흘레스타코프 자, 이거 받게! (모자와 단장을 내준다) 자네, 또 침대에서 뒹굴고 있었군.

오시프 제가 뭣 하러 뒹굴겠습니까? 제가 뭐 침대를 처음 보는 줄 아세요?

흘레스타코프 거짓말 마, 틀림없어. 뒹굴지 않았으면 왜 이렇게 이불이 구겨졌느냔 말야!

오시프 침대가 제게 무슨 소용이 있겠습니까? 침대라는 게 어떤 건지 제가 모르는 줄 아세요? 저는 제 몸뚱이에 달려 있는 다리로 이렇게 빳빳이 서 있는데, 무엇 때문에 나리님의 침대가 필요합니까?

흘레스타코프 (방 안을 걸어다닌다) 거기 그 가방 좀 들춰 보게, 혹시 담배가 없는지?

오시프 담배가 다 뭡니까! 사흘 전에 마지막으로 남은 걸 피워 버리시지 않았어요.

흘레스타코프 (여러 가지 입 모양으로 입술을 깨물며 이리저리 걷는다. 마침내 무슨 결심이라도 한 듯이 큰 소리로) 여보게, 오시프!

오시프 무슨 말씀입니까?

흘레스타코프 (크긴 하지만 먼저보다 단호하지 못한 음성으로) 자네, 저기 좀 가보게.

오시프 어딜 가 보란 말씀이지요?

흘레스타코프 (아주 풀이 죽어 애원에 가까운 낮은 목소리로) 아래층 식당에 말이야…… 거기 가서…… 식사를 갖다 달라고 잘 부탁해 보게.

오시프 천만에. 전 가기 싫습니다.

흘레스타코프 그게 무슨 말버릇이야, 바보 같은 녀석!

오스프 가봐야 아무 소용 없습니다. 앞으로 식사는 주지 않겠다고 주인이 딱 잘라 말했으니까요.

흘레스타코프 그놈이 주지 못하겠다는 소릴 해! 그따위 허튼 수작이 어디 있어!

오시프 그리고 너의 주인이 2주일 동안이나 돈을 안 내니 읍장한테 가서 고발하겠다느니, 네놈이나 주인이나 다 똑같은 사기꾼이라느니, 네놈의 주인은 협잡꾼이라느니, 나는 너희들 같은 협잡꾼이나 날도둑놈들을 많이 대해 봐서 속아넘어가지 않는다느니, 뭐 못 하는 말이 없더군요.

흘레스타코프 그런 수작을 신이 나서 나한테 그대로 옮길 것까지야 없잖아! 망할 녀석 같으니.

오시프 이런 말도 합디다. '그런 것을 그냥 놔두면 앞으로는 이놈 저놈 와서 실컷 외상으로 묵고 나중엔 이쪽에서 쫓아낼 수도 없게 돼. 난 뭐 농담으로 이러는 게 아냐. 유치장에 집어 넣어 감옥살이를 하게 당장 고소해 버리겠네.' 이러더란 말입니다.

흘레스타코프 그만, 그만, 바보 같으니, 그따위 소리 그만 하고, 어서 주인한테 밥을 달란다고 해. 그런 돼먹지 않은 놈이 어디 있어!

오시프 차라리 주인을 이리 불러오는 게 좋겠군요.

흘레스타코프 뭣 때문에 주인을 불러? 자네가 가서 그렇게 말하면 될 게 아냐!

오시프 하지만 나리님, 정말……

흘레스타코프 가라면 가는 거지 무슨 잔소리야, 망할 녀석 같으니! 그럼 주인을 불러와! (오시프 퇴장)

제 3 장

흘레스타코프 (혼자서) 이건 정말 배가 고파 죽을 지경이군. 걸음이라도 좀 걸으면 덜할 줄 알았는데 소용없어. 제기랄, 조금도 나을 게 없지 않나. 펜자에서 그 지랄만 하지 않았어도 집에 갈 여비쯤은 남았을 텐데. 그 보병 대위란 녀석한테 단단히 걸려들었어. 트럼프 다루는 솜씨가 이만저만이 아니야. 기껏해야 15분이나 마주 앉았을까 하는 사이에 한푼도 없이 몽땅 털리고 말았으니! 그렇지만 그녀석하고 한 번 더 붙어보고 싶은데 이제 그런 기회는 다시 오지 않을 거야. 그건 그렇고, 이렇게 인심 사나운 마을이 어디 있담! 과일 장수놈도 외상으론 한 개도 주지 않거든. 그쯤 되면 악질이라 할 수밖에 없어. (처음엔 〈로베르트〉를 휘파람으로 불다가, 〈어머니, 내 옷을 만들지 마세요〉를 부르더니 나중엔 이것도 저것도 아닌 노래가 되어 버린다)

제 4 장

흘레스타코프, 오시프, 여관 하인.

하 인 주인이 무슨 말씀인지 듣고 오라 해서 왔습니다.
흘레스타코프 야, 자네로군, 그래 어떤가?
하 인 덕분에 그저……
흘레스타코프 그래, 영업은 잘 되나? 경기가 어때?
하 인 네, 덕분에 괜찮습니다.
흘레스타코프 손님은 많은가?
하 인 네, 꽤 많이 옵니다.
흘레스타코프 다름이 아니라, 여보게, 아직 이 방에 식사를 가져오지 않았는데, 좀 서둘러서 곧 갖다 줄 수 없겠나? 난 식사를 마치고 볼일이 있어서 그러니까.
하 인 네, 그런데 실은 주인이 이젠 식사를 드리지 않겠다고 하며 오늘은 기어이 읍장님한테 가서 고소하고 말겠다고까지 합니다.
흘레스타코프 뭘 고소한다는 건가? 자네 한 번 생각해 보게, 이게 말이 되나? 뭔가 먹어야 하지 않느냐 말이야. 이러다간 정말 뼈다귀만 남겠어. 농담을 하는 게 아니라, 배가 고파 견딜 수가 없네.

하 인 네, 그러시겠죠. 하지만 주인은 '지금까지 밀린 외상값을 치러 주지 않으면 식사를 줄 수 없다.'고 하실 게 뻔합니다.

흘레스타코프 그러니까 자네가 잘 타일러서 얘기해 보란 말야.

하 인 주인한테 뭐라고 말하면 되겠습니까?

흘레스타코프 내가 먹지 않으면 안 되겠다는 걸 아주 똑똑히 납득시키란 말이야. 돈이 문제야? 그런 건 저절로 생기게 마련이지. 주인 녀석은 자기가 하루쯤 끼니를 굶어도 끄떡없는 상놈이니까 다른 사람도 그렇겠거니 하는 모양이군그래. 내 참 별놈 다 보겠군!

하 인 그럼, 말이나 한 번 더 해보겠습니다.

오시프와 하인 퇴장.

제 5 장

흘레스타코프 (혼자 남아서) 하지만 만일 아무것도 먹을 걸 주지 않는다면 큰일인걸. 이렇게 배가 고파 보기는 생전 처음이야. 뭐 옷가지 중에 돈이 될 만한 게 없을까? 양복바지라도 팔아 버려? 아니, 비록 배를 곯는 한이 있어도 페테르부르크에서 맞춘 옷을 입고 집에 돌아가는 편이 좋을 거야. 이오힘한테 고급 사륜마차를 세내 가지고 오지 못한 게 아쉽군. 그놈을 타고 집에 갔더라면, 제기랄, 얼마나 좋았겠느냐 말야! 제복을 입은 오시프를 꽁무니에 태우고, 램프까지 달린 놈을 타고 이웃에 사는 지주네 집 현관으로 몰고 들어가면 얼마나 좋을까. 아마 모두들 야단법석일 테지. '저게 뭘까, 누굴까?' 하고 말이야. 그러면 금몰 달린 옷을 입은 오시프가 들어가서, (가슴은 펴고 종복의 흉내를 낸다) '페테르부르크에서 오신 이반 알렉산드로비치 흘레스타코프 씨께서 오셨습니다. 면회할 수 있는 영광을 가질 수 있겠습니까?' 하거든. 그러면 그 무식한 친구들이 '영광을 가질 수 있겠습니까?'가 무슨 말인지 알 게 뭐냐 말이야. 너절한 시골 지주 같으면 곧장

객실로 곰처럼 터덜터덜 들어가게 마련이니까. 나는 우선 예쁘장한 주인집 딸 곁으로 가서, '아가씨, 저는 얼마나……' (두 손을 비비며 한쪽 발을 끌어다 붙인다) 탁! (침을 뱉는다) 이젠 어찌나 배가 고픈지 구역질까지 나는구나.

제 6 장

흘레스타코프, 오시프, 여관 하인.

흘레스타코프 어떻게 됐어?

오시프 가져옵니다.

흘레스타코프 (손뼉을 치고 의자에서 벌떡 일어서며) 응, 그래? 이젠 살았군, 살았어!

하 인 (접시와 냅킨을 들고) 주인이 이게 마지막이라고 하십니다.

흘레스타코프 자넨 말끝마다 주인, 주인, 하지만……자네 주인 같은 건 내 눈엔 개똥만도 못한 존재야! 그래, 뭘 가져왔나?

하 인 수프와 불고깁니다.

흘레스타코프 뭐라구! 겨우 두 가지야?

하 인 그것밖에 없습니다.

흘레스타코프 사람을 뭘로 아는 거야! 난 이따위는 먹지 않겠네. 가서 주인한테, 도대체 이게 인간 대접이냐고 말하게. 그것만 가지곤 간에 기별도 안 갈 거야.

하 인 아니, 주인은 이것도 너무 많다고 하던데요.

흘레스타코프 그럼 소스는 왜 안 가져왔어?

하 인 소스는 없습니다.

흘레스타코프 왜 없어? 아까 부엌 옆을 지나다가 내 눈으로 그걸 많이 만들고 있는 걸 보았는데도 없어? 오늘 아침에도 식당에서 누군지 작달막한 친구가 연어니 뭐니 해서 많이 먹고 있지 않았느냐 말야.

하 인 그건 있을지 모르지만, 어쨌든 없습니다.

흘레스타코프 없다니, 그게 무슨 소리야?

하 인 그러나 어쨌든 없습니다.

흘레스타코프 연어니, 생선이니, 비프 커틀릿이니 하는 것도 없나?

하 인 네, 그런 건 높은 양반들한테나 드리는 겁니다.

흘레스타코프 에이, 바보 같은 자식!

하 인 네, 그렇습니다.

흘레스타코프 이 더러운 돼지새끼만도 못한 녀석, 그놈들이 먹는 걸 어째서 내가 못 먹는단 말이냐? 어째서 내가 남들처럼 먹을 수 없어? 빌어먹을 녀석! 그놈들이나 나나 지나가는 손님이긴 매일반 아니냔 말야?

하 인 매일반이 아니라는 건 뻔하지 않습니까?

흘레스타코프 이건 또 무슨 수작이야?

하 인 뭐니뭐니 해도 뻔한 건 뻔한 겁니다! 그분들은, 잘 아시다시피 돈을 지불하니까요.

흘레스타코프 난 자네 같은 바보 녀석하곤 말하기도 싫어. (수프를 먹는다) 이따위 수프가 어디 있어? 맹물을 따라 가지고 온 거냐? 아무 맛도 없고 퀴퀴한 냄새만 나는군. 이따위 수프는 필요없어, 가서 다른 걸 가져 오게.

하 인 그럼 가져가지요. 안 먹겠다면 그만두라고 주인이 말했으니까요.

흘레스타코프 (손으로 음식을 덮어 싸며) 좋아, 좋아, 그냥 놔둬, 자식이! 자넨 다른 사람들한테 언제나 그따위 말버릇인진 모르지만, 나는 그런 종류의 인간이 아니란 말야! 나한테 그런 수작을 하면 재미없을 줄 알게. (먹는다) 빌어먹을! 이것도 그래 수프라는 거야? (계속해서 먹으며) 이런 수프를 먹는 사람은 아마 이 세상에 하나도 없을걸. 버터 대신에 무슨 때 같은 게 떠 있군. (닭고기를 자른다) 히야, 이따위 닭고기가 어디 있어! 거기 불고기를 이리 주게! 아직 수프가 좀 남았군. 오시프, 이건 자네가 먹게. (불고기를 자른다) 무슨 불고기가 이 모양이야? 이건 고기가 아니군.

하 인 그럼 뭡니까?

흘레스타코프 뭔지 알 수는 없지만 어쨌든 고기는 아니야. 쇠고기 대신에 도끼자루를 뽑아다 구운 모양이군. (먹는다) 사기꾼들 같으니라구! 이걸 그래, 먹으라고 주는 거야? 이건 한 점만 먹으면 턱이 빠져 버리겠군.

(손가락으로 이를 쑤신다) 날도둑놈들! 틀림없는 나무 껍질이야. 암만해도 잇새에 박혀서 나오질 않아. 이따위 요리를 먹다간 이까지 새까맣게 될 거야. 악당놈들! (냅킨으로 입을 닦는다) 이젠 또 없나?

하 인 없습니다.

흘레스타코프 이 날도둑놈들아! 사기꾼놈들아! 아무리 없어도 소스나 케이크쯤은 있을 게 아냐! 게을러빠진 놈들! 손님들한테 그저 돈만 뺏어 먹으려구!

　　　　하인, 접시를 집어 들고 오시프와 함께 나간다.

제 7 장

흘레스타코프, 오시프.

흘레스타코프 (혼자서) 정말 이건 먹은 것 같지도 않고 위장만 더욱 난리치는군. 하다못해 잔돈이라도 몇푼 있으면 시장에 가서 흰 빵이라도 사오라겠는데.

오시프 (등장) 무엇 때문인지 저기 읍장이 찾아와서 나리님 얘길 캐묻고 있습니다.

흘레스타코프 (깜짝 놀란다) 큰일났어. 주인놈이 어느새 고해바쳤구나! 만일 정말로 나를 감옥으로 끌고 가면 어떡하지? 에이, 맘대로 해보라지! 저쪽에서 그렇게 나온다면, 나도, 아니, 안 돼, 안 돼! 거리엔 장교니 뭐니 사람들이 많이 돌아다니고 있는데, 공교롭게도 그런 데서 으쓱거리며 어느 상인의 딸과 서로 눈짓을 했으니 말이야. 안 돼, 안 돼. 읍장이 뭐야? 제가 뭔데 감히. 내가 그래 장사꾼인가, 직공인가? (용기를 내서 가슴을 내민다) 좋아, 그놈한테 맞대 놓고 이렇게 말해야지. '당신이 뭔데 감히 나한테……'

  방문 손잡이가 돌아간다. 흘레스타코프, 새파랗게 질려 몸을 움츠린다.

제 8 장

흘레스타코프, 읍장, 도브친스키(읍장, 방에 들어오자 우뚝 멈추어 선다. 두 사람 겁을 먹은 듯 잠시 눈이 휘둥그래져 서로 바라본다)

읍 장 (정신을 가다듬고 공손히 두 손을 무릎 위에 갖다 대며) 안녕하십니까!
흘레스타코프 (머리를 숙여 보이며) 안녕하시오……
읍 장 실례합니다.
흘레스타코프 천만에.
읍 장 실은 여기 읍장으로서, 일반 손님들이라든가 귀하신 분들이 조금도 불편함을 느끼지 않도록 항상 보살피는 것이 저의 본분이기 때문에……
흘레스타코프 (처음엔 좀 더듬다가 나중에 가서는 큰 소리로 거리낌없이 말한다) 뭐 어쩔수 없지 않습니까? 내가 나쁜게 아니에요. 돈은 틀림없이 지불합니다. 시골에서 곧 보내 줄 테니까요. (보브친스키, 문틈으로 들여다본다) 나쁜 것은 이 집 주인이지요. 쇠고기라고 준다는 게 꼭 나무통처럼 질기고, 수프라는 건 도대체 그 속에 무엇을 집어넣었는지 알 수 없단 말입니다. 나는 할 수 없이 그걸 창 밖에 버리고 말았지요. 주인놈은 날마다 나한테 이만저만하게 고생을 시키는 게 아닙니다. 차라는 건 이상하고 비린내가 나서 입에 댈 수도 없지요, 무엇 때문에 나 같은 사람이, 참 어이가 없어서!

읍 장　(어쩔 줄 몰라 하며) 죄송합니다. 저는 정말 그런 줄은 몰랐습니다. 여기 시장에는 언제나 좋은 쇠고기가 있습니다. 홀모고르스크의 상인들이 가져오는데, 정직하고 행실이 바른 사람들이라서 그런 일은 없을 줄 알았는데 어디서 그런 고기를 사들였는지 통 알 수 없는 일이올시다. 혹시 마음에 드시지 않는다면…… 다른 집으로 옮기도록 제가 주선해 보겠습니다.

흘레스타코프　아니, 필요없습니다. 다른 집으로 가자는 게 무슨 말인지 알고 있어요. 감옥으로 가잔 말이지요! 대체 당신은 무슨 권리로 누구한테 감히 그런 말을 하시오? 나로 말하면…… 나는 페테르부르크에서 근무하는 사람이오. (용기를 내어) 나는, 나는, 나는…….

읍 장　(방백) 야, 이거 봐라, 굉장히 성미가 팔팔한 사람이로군! 뭐든지 모두 알고 있는 모양이야. 저주받을 놈의 장사치들이 모두 고해바쳤겠지!

흘레스타코프　(기세를 올리며) 비록 당신이 부하들을 전부 이끌고 오는 한이 있어도 난 꼼짝도 안 하겠소! 난 직접 대신한테 말하겠소! (주먹으로 책상을 두드린다) 당신이 뭐요, 당신이 뭐냔 말이오?

읍 장 (뒤로 몸을 젖히고 온몸을 부들부들 떤다) 용서해 주십시오! 제발 저를 살려 주십시오! 제게도 벌어 먹여야 할 처가 있고 나이 어린 자식들도 있습니다. 제발 사람 하나 살려 주셔서 불쌍한 놈을 만들지 마십시오!

흘레스타코프 아니, 난 가기 싫소. 그게 어쨌다는 거요! 당신한테 처자식이 있다고 해서 어째서 내가 감옥에 가야 하는지, 거 참 알고도 모를 말이오. (보브친스키, 문틈으로 엿보다가 깜짝 놀라 숨어 버린다) 어쨌든 말씀은 고맙지만 난 못 가겠소.

읍 장 (부들부들 떤다) 모든 것이 제 불찰이올시다, 정말 제 불찰이올시다. 실은 살림이 넉넉지 못해서 그렇게 된 것이니 관대하게 생각해 주시기 바랍니다. 상부에서 나오는 봉급만 가지고는 차와 설탕값도 되지 않습니다. 설혹 뇌물 같은 걸 받았다 해도 그건 쥐꼬리만큼도 못 되는 겁니다. 간단한 음식물이라든가 양복감 한 벌 정도가 고작이지요. 그리고 장사를 하고 있는 하사의 마누라, 그 과부를 제가 채찍으로 때렸다느니 뭐니 하는 말이 있습니다만 그건 중상모략입니다. 저를 미워하는 나쁜 놈들이 꾸며 낸 수작이올시다. 저의 목숨까지도 노리고 있는 악한들의 모함입니다.

흘레스타코프 그래서 어쨌다는 겁니까? 난 그런 친구들과는 아무 상관도 없어요. (생각에 잠긴다) 그렇지만 무엇 때문에 당신이 악한들이니, 하사의 마누라니 하는 얘기를 꺼내는지 알 수 없소. 하사의 마누라는 별문제라 해도 나한테는 감히 매질을 하지 못할 거요. 어림도 없지, 안되고말고! 말조심하시오! 돈은 내지요, 내요. 그러나 지금 당장엔 없소. 한푼도 없으니까 여기 이러고 있는게 아니오.

읍 장 (방백) 요건 약간 괴상한 전술인걸! 엉뚱한 데로 방향을 돌리며 연막을 쳤겠다. 자신이 있으면 누구든지 한 번 풀어 보라 할 수밖에. 도대체 어디부터 손을 대야 할지 통 알 수가 없군. 어쨌든 아무 데로나 한번 찔러 봐야지, 결국은 될 대로 되겠지. 운수에 맡기고 해볼 수밖에. (큰 소리로) 혹시 정말 돈이라든가 뭐 다른 것이 필요하시다면 당장에라도 빌려 드릴 수 있습니다! 손님들을 돕는 게 저의 본분이니까요.

흘레스타코프 아, 그렇다면 좀 빌려 주시오! 곧 이 집에 돈을 치러 줄 테니까. 그저 한 200루블, 아니 좀 적어도 됩니다.

읍 장 (지폐를 내주며) 꼭 200루블이올시다. 뭐, 일부러 세어 보시지 않아도 될 겁니다.

흘레스타코프 (돈을 받으며) 이거 대단히 감사하오. 돈은 시골에 가서 즉시 보내 드리지요. 이번엔 어쩌다 그만…… 아니, 당신이 훌륭한 분이라는 걸 알았습니다. 따라

　　　　서 이제는 문제가 달라졌습니다.
읍 장　(방백) 이거 참 다행이야, 돈을 받았으니! 이제는
　　　　일이 제대로 잘 되는가 보다. 200루블이라고했지만
　　　　실제는 400루블을 쥐어 주었거든.
흘레스타코프　여보게, 오시프! (오시프 등장) 하인을 이리
　　　　불러오게. (읍장과 도브친스키에게) 아니, 왜들 이렇게
　　　　서 계시오? 자, 어서 앉으십시오. (도브친스키에게) 어
　　　　서 앉으십시오.
읍 장　아니, 괜찮습니다. 저희들은 여기 서 있겠습니다.
흘레스타코프　그러지 마시고, 자, 앉으십시오. 이제는 나
　　　　도 당신의 성격이 아주 솔직담백하고 친절하다는 걸
　　　　똑똑히 알았습니다. 솔직히 말해서, 나는 이렇게 생각
　　　　했지요. 즉 당신이 오신 것은, 나를……(도브친스키에
　　　　게) 앉으십시오! (읍장과 도브친스키 앉는다. 보브친스키 문
　　　　틈으로 들여다보며 엿듣는다)
읍 장　(방백) 좀더 대담하게 해야겠군. 이 친구, 어디까지
　　　　나 탈을 벗지 않으려는 속셈이야. 좋아, 그렇다면 이
　　　　쪽에서도 딴전을 부려야지. 이 친구가 누군지 전혀 알
　　　　지 못하는 듯이 꾸며 보여야겠어. (큰 소리로) 저는 이
　　　　고장 지주인 여기 이 피오트르 이바노비치 도브친스
　　　　키와 함께, 저의 직책상 순시를 겸해서 손님들의 접대
　　　　가 소홀한 점은 없는지 어떤지를 살펴보려고 일부러

이 여관에 들른 것이올시다! 저는 무슨 일에든 무관심한 여느 읍장들과는 다소 다르다고 자부하고 있지요. 그리고 저는, 저로 말하면, 맡은 바 직책 이외에 그리스도교의 박애주의에 입각하여, 모든 사람들을 친절히 보살펴 줄 수 있기를 항상 원하고 있는 사람입니다. 그에 대한 보답을 받았다고나 할까, 오늘 우연히 이렇게 훌륭한 분과 사귈 수 있는 기회를 얻게 되어 기쁘기 한량없습니다.

흘레스타코프 아니, 나도 역시 매우 기쁩니다. 당신이 오시지 않았다면, 솔직히 말해서, 나는 이 집에 오랫동안 그대로 묵고 있어야 했을 겁니다. 어떻게 해서 숙박료를 지불할 것인지 전혀 엄두가 나지 않았으니까요.

읍 장 (방백) 홍, 그걸 말이라고 해! 어떻게 해서 지불해야 할지 엄두가 나지 않았다구? (큰 소리로) 실례의 말씀입니다만 어디로, 어느 지방으로 가시는 길이신지?

흘레스타코프 사라토프 현으로 가는 길입니다. 내 고향이 거기지요.

읍 장 (방백. 비꼬는 듯한 표정을 띄며) 사라토프 현이라구! 홍! 허튼 소릴 하면서도 얼굴조차 붉히지 않다니! 꽤 만만치 않은 친구로군! (큰 소리로) 거 참 잘 생각하셨습니다! 하기는 도중에 교대시킬 말을 기다려야 하는

등, 한편으로는 불쾌한 점도 있겠습니다만, 그러나 한편으로는 복잡한 머리를 위해서 썩 좋은 휴양이 될 겁니다. 선생님께선 아마 개인적인 취미로 바람을 쐬실 겸해서 여행하시겠지요?

흘레스타코프 아니, 아버지가 오라고 해서 가는 길입니다. 내가 페테르부르크에서 여태껏 조금도 높은 자리에 올라가지 못했다고 해서 영감님이 노발대발하고 있지요. 아버지는 거기에 가기만 하면 금방 블라지미르 훈장이 단추 구멍에 매달리게 되는 줄 알거든요. 그러나 그게 어디 될 말입니까. 난 아버지한테 한번 관청 근무를 시키고 싶을 지경입니다.

읍 장 (방백) 저것 좀 봐, 허풍을 쳐도 이만저만이 아니구나! 허리가 꼬부라진 제 아비까지 끌어들이구! (큰 소리로) 그럼 꽤 오래 걸리시겠습니다.

흘레스타코프 글쎄, 알 수 없습니다. 우리 아버지는 완고하고 머리가 둔한데다가 통나무처럼 융통성이 없는 늙은이니까요. 난 아버지한테 대놓고 이렇게 말할 작정입니다. '맘대로 하시오, 그러나 나는 페테르부르크가 아니면 살 수 없습니다'라고 말이지요. 사실 무엇 때문에 내가 농사꾼 따위들과 함께 일생을 허비해야 한단 말입니까? 지금 세상이 요구하는 건 그게 아닙니다. 내 영혼은 문명을 갈망하고 있으니까요.

읍 장 　(방백) 이리저리 곧잘 돌려붙이는군! 엉터리 같은 거짓말만 꾸며 대면서도 어설픈 데가 조금도 없으니! 그렇지만 외모는 보잘것없고 행색이 초라한 게 두 손가락만 가지면 꼼짝 못 하게 목을 죄어 버릴 수 있을 것 같은데……. 가만 있자, 내 기어코 입을 벌리게 하고야 말 테니! 사실대로 지껄이게 해놔야지. (큰 소리로) 지당한 말씀입니다! 시골 구석에서 무엇을 할 수 있겠습니까? 여기 이 마을을 보더라도 그렇지요. 저는 밤잠도 자지 않고 나라를 위해 충성을 다하며 물불을 가리지 않고 일하고 있습니다만, 그러나 그 보답을 언제나 받게 될지 깜깜 무소식이올시다. (방 안을 둘러본다) 이 방은 좀 축축한 것 같은데 어떻습니까?

흘레스타코프 　아주 더러운 방입니다. 게다가 생전에 본 일도 없는 굉장한 빈대란 놈들이 득실거리며 개새끼들처럼 물어뜯는군요.

읍 장 　원 그럴 수가 있습니까! 선생님같이 유식한 분이, 도대체 이 세상에 생겨날 필요조차 없는 더러운 빈대 때문에 고생을 하신대서야 말이 됩니까? 게다가 이 방은 좀 어두운 것 같습니다.

흘레스타코프 　네, 여간 어둡지 않습니다. 주인 녀석이 밤에 촛불을 갖다 주지 않는 것이 예사가 돼버렸기 때문에 가끔 무엇을 하고 싶다, 또는 무슨 창작 같은 것을 하고 싶다, 하는 생각이 떠올라도 할 수가 없습니다. 어두워요, 정말 어둡습니다.

읍 장 감히 이런 말씀드리기는 매우 죄송스럽습니다만……
아니, 저 같은 건 그럴 자격도 없을 겁니다.

흘레스타코프 무슨 말인데요?

읍 장 아니, 아닙니다. 어림도 없지요, 그럴 자격이 없습니다.

흘레스타코프 대체 무슨 말인데 그럽니까?

읍 장 그럼 염치불고 하고 말씀드리지요. 저의 집에 선생님께서 쓰실 만한 깨끗한 방이 있습니다. 밝고 조용한 방이지요. 하지만 그건 너무나 분에 넘치는 영광이라고 생각합니다. 노엽게 생각지는 마십시오. 원래 제가 솔직해서 이런 말씀까지 드리는 것이올시다.

흘레스타코프 천만의 말씀을! 나는 오히려 만족하게 생각합니다. 이따위 주막집에 있는 것보다는 훨씬 낫겠지요.

읍 장 그렇다면 정말 기쁘겠습니다! 제 아내도 여간 반가워하지 않을 겁니다! 저는 원래가 이런 성미가 돼서, 어릴 적부터 손님을, 특히 유식하고 훌륭한 손님을 퍽 좋아합니다. 제가 아첨을 하느라고 이렇게 말씀드리는 거라 생각하시면 안 됩니다. 저는 그런 못된 짓은 할 줄 모르는 사람입니다. 그저 너무나 기쁜 나머지 이런 말을 할 뿐이올시다.

흘레스타코프 대단히 고맙소. 나 역시 속 다르고 겉 다른 인간은 싫어하지요. 나는 당신의 그 솔직하고 친절한 점이 무척 마음에 들었습니다. 나는 솔직히 말해서, 다른 사람한테는 아무것도 바라지 않습니다. 다만 존경과 신복, 신복과 존경을 받을 수 있다면 그만이지요.

제 9 장

오시프, 여관 하인을 데리고 등장. 보브친스키 방문으로 들여다본다.

하 인 부르셨습니까?

흘레스타코프 응, 계산서를 가져오게.

하 인 아까 두 번째 계산서를 갖다 드리지 않았습니까.

흘레스타코프 그따위 엉터리 계산서 같은 건 기억에 없어. 그래, 얼마야?

하 인 맨 첫날에 점심을 주문하셨고 다음날엔 연어만 잡수셨는데, 그 다음부터는 전부가 외상입니다.

흘레스타코프 바보 같은 녀석! 또 일일이 계산을 시작하는 거야? 전부 얼마냔 말야!

읍 장 선생님, 염려하실 것 없습니다. 그냥 놔두십시오.
(하인에게) 저리 가 있어, 돈은 보내 줄 테니.

흘레스타코프 정말 그것도 옳은 말씀이오. (돈을 집어넣는다)

하인 퇴장. 문틈으로 보브친스키 들여다본다.

제 10 장

읍장, 흘레스타코프, 도브친스키.

읍 장 어떻겠습니까, 이제부터 저희 마을 몇몇 시설을, 예를 들면 자선병원이라든가 그 밖의 시설을 시찰하실 의향은 없으신지?

흘레스타코프 거기 뭐가 있지요?

읍 장 그저 한 번 봐주십사 하는 거지요. 저희들이 하는 일이 순조롭게 돼가는지, 질서는 잘 잡혀 있는지……

흘레스타코프 그거 아주 좋은 생각이오. 가볼 수 있습니다. (보브친스키, 문틈으로 머리를 들이민다)

읍 장 그리고 역시 희망하신다면 거기서 군립학교로 가셔서 저희들의 교육 실황을 봐주시면 감사하겠습니다.

흘레스타코프 아, 그것도 좋지요.

읍 장 그 다음에 혹시 의향이 계시다면 감옥을 방문하셔서, 수감자들에 대한 대우가 어떤지를 살펴 주시기 바랍니다.

흘레스타코프 감옥은 또 무엇 때문에? 아니, 그보다도 자선병원을 구경하는 편이 좋을 것 같소.

읍 장 네, 좋으실 대로 하십시오. 그럼 선생님의 전용 마

　　　　차로 가시렵니까, 그렇지 않으면 저의 마차로 함께 가
　　　　시렵니까?
흘레스타코프　글쎄요, 당신하고 함께 가는 게 좋겠군요.
읍　장　(도브친스키에게) 그럼 피오트르 이바노비치, 자네
　　　　자리는 없어졌네.
도브친스키　아니, 괜찮습니다, 저야 뭐……
읍　장　(도브친스키에게 낮은 소리로) 여보게, 자네, 지금 재
　　　　빨리 달려가서 내가 적어 주는 종이 조각 두 장을 전
　　　　하게. 하나는 자선병원의 제믈랴니카한테 주고, 또 하
　　　　나는 우리 집 사람한테 주고. (흘레스타코프에게) 계신
　　　　앞에서 매우 죄송합니다만, 귀빈을 영접할 준비를 하
　　　　도록 아내한테 몇 자 적게 해주실 수 없겠습니까?
흘레스타코프　뭐 그렇게까지 할 필요가 있겠어요……? 하
　　　　기야 마침 여기 잉크도 있고 종이는, 이 계산서에 쓰
　　　　면 어떨까요?
읍　장　그럼 거기다 쓰겠습니다. (쓰면서 혼잣말로) 점심상에
　　　　다 커다란 술병을 내놓은 다음에 일이 어떻게 되는지
　　　　두고 보자! 그렇지, 마침 집에 마데이라(백포도주)가
　　　　있으렷다! 꼴사납지만 그놈을 마시면 코끼리도 취해
　　　　자빠지거든! 저 친구가 어떤 인간인지, 어느 정도나
　　　　겁을 내야 할 건지, 그것만 알아내면 그만이야.

종이를 도브친스키에게 준다. 도브친스키, 방문 쪽으로 간다.
이때 방문이 왈칵 열리며 밖에 붙어 서서 엿듣고 있던 보브친스
키가 무대로 굴러나와 엎어진다. 일동, 놀라서 소리를 지른다.
보브친스키 일어난다.

흘레스타코프 어떻게 됐습니까? 어디 다친 데는 없습니까?
보브친스키 아니 아무렇지도, 아무렇지도 않습니다. 아무
  데도 고장은 없어요. 그저 콧잔등이 좀 벗겨졌을 뿐이
  지요. 그러나 흐리스찬 이바노비치한테 달려가면 문
  제 없습니다. 거기 썩 좋은 고약이 있으니까 그걸 얻
  어 바르면 이 정도는 금방 나을 겁니다.
읍 장 (보브친스키에게 나무라는 시늉을 해보이면서, 흘레스타코
  프를 향하여) 아니, 괜찮을 겁니다. 그럼 이제 나가 보
  실까요? 종복한테는 트렁크를 가져가라 하겠습니다.
  (오시프에게) 자네, 수고스럽겠지만 우리 집으로 짐을
  가져가게. 읍장네 집이라면 누구든지 가르쳐 줄 테니
  까. 자, 그럼 나갑시다. (흘레스타코프를 앞세우고 따라가
  다가, 뒤를 돌아보며 보브친스키에게 꾸짖는 말투로) 자네 그
  게 뭔가! 하필 거기밖에는 자빠질 자리가 없었나? 엎
  어져 가지고 그게 무슨 꼴이냐 말이야!

  퇴장. 그 뒤를 보브친스키가 따른다. 막이 내린다.

제 3 막

제1막과 같은 방

제 1 장

안나 안드레예브나, 마리야 안토노브나, 제1막과 똑같은 자세로 창가에 서 있다.

안 나 거 봐, 벌써 꼭 한 시간이나 기다리지 않았니. 네가 공연히 모양을 내는 바람에 이렇게 됐지 뭐냐. 옷치장이 다 된 줄 알았더니 웬걸, 그냥 꾸물거리고 있지 않았어. 다시는 네 말 듣나 봐라. 정말 화가 나서 죽겠구나. 일부러 그러는 것처럼 사람 그림자도 하나 얼씬하지 않구! 참, 모두 죽어 없어지기라도 했나!

마리야 그렇지만 어머니, 정말 이제 조금만 있으면 다 알게 될걸요 뭐. 곧 아브도차가 올 거 아녜요. (창밖을 내다보다가 소리를 지른다) 아, 어머니, 어머니! 누가 와요, 저기 저 한길 끝에서.

안 나 어디 사람이 온다는 거냐? 너는 언제나 꿈 같은 소리만 하니까. 아, 정말 오는구나. 누굴까? 키가 작고 …… 프록코트를 입었는데…… 저게 누굴까? 아아, 답답해라! 누가 저런 꼴을 하고 다니더라?

마리야 어머니, 도브친스키예요!

안 나 저 사람이 도브친스키라구? 너는 언제나 얼토당토 않은 소릴 곧잘 하더구나. 도브친스키라니, 당치 않은 소리다, 얘. (손수건을 흔든다) 여보세요, 이리 좀 와요! 빨리, 빨리!

마리야 어머니, 도브친스키가 틀림없어요.

안 나 너 일부러 나한테 맞서려고 그러는구나. 도브친스키와 아니라면 아닌 줄 알려무나!

마리야 그렇지 않아요, 어머니! 보세요, 저게 도브친스키가 아니란 말예요?

안 나 아, 그렇구나, 도브친스키야. 이제야 알겠어. 그렇다고 뭐 그렇게 덤빌 것까지야 없지 않니? (창문에서 소리친다) 빨리 오세요, 빨리! 원 저렇게 느려 가지고서야! 그런데 다들 어디 있어요? 네? 상관없으니 어서 거기서 말하세요. 어때요, 아주 무서운 사람이에요? 네? 우리 주인은, 주인은 어떻게 됐어요? (창문에서 좀 물러나며 약이 오른 말투로) 등신 같으니, 그래 방에 들어오기 전엔 한 마디도 못 하나!

제 2 장

도브친스키 등장.

안 나   자, 말 좀 해봐요. 그래 당신은 부끄럽지도 않아요? 난 그래도 당신만은 예의 바른 양반인 줄 알고 있었는데, 다른 사람들이 모두 달려나가니까 당신까지 뒤를 쫓아가 버리다니 말이 돼요! 덕택에 나는 지금까지도 무엇이 어떻게 된 건지 통 모르고 앉아 있지 않아요! 그래도 당신은 얼굴이 뜨겁지 않으세요! 나는 당신네 바네치카와 리잔카의 대모(代母)가 돼주었는데, 당신은 그래, 나한테 그렇게 해야 되나요!

도브친스키   천만의 말씀입니다, 마님. 마님을 소홀히 생각하고 있지 않다는 사실을 보여 드리려고 이렇게 숨이 끊어지게 달려오지 않았습니까. 안녕하세요, 마리야 안토노브나.

마리야   네, 안녕하세요, 피오트르 이바노비치!

안 나   그런데 뭐가 어떻게 됐는지 얘기나 좀 해보세요!

도브친스키   안톤 안토노비치가 적어 보내신 게 있습니다.

안 나   어떤 분이에요, 대장?

도브친스키   아니, 대장은 아니지만, 대장보다 못하지 않은 분이더군요. 아주 유식하고 게다가 언행이 그야말로 점잖구요.

안 나 아아! 그럼 주인이 받은 편지에 쓰여 있는 그분이군요?

도브친스키 틀림없습니다. 나하고 피오트르 이바노비치가 제일 먼저 그걸 알아냈지요.

안 나 어떻게 된 건지 어서 얘기나 해보세요!

도브친스키 네, 하느님 덕분에 만사가 썩 잘 되었습니다. 처음엔 그분이 안토 안토노비치를 대하는 품이 좀 엄격한 것 같더군요, 네. 크게 화를 내며, 이 여관엔 모든 것이 나쁘다, 너의 집에도 가지 않겠다, 읍장 따위 때문에 감옥에 가고 싶지는 않다,고 말했지만, 차츰 안톤 안토노비치가 결백한 분이라는 걸 알고는 허물없이 이야기를 시작하고 그 다음부터는 금세 생각이 달라져서 덕분에 일이 척척 제대로 돼갔지요. 그래서 지금 자선병원을 시찰하러 갔습니다. 하지만 솔직히 말씀드려서, 처음엔 안톤 안토노비치는 누가 밀고라도 하지 않았는가 하고 속으로 상당히 조바심했던 모양입니다. 나도 좀 겁이 나더군요.

안 나 당신 같은 사람이야 뭐 무서워할 거 없지 않아요? 관청 일을 보는 것도 아닌데.

도브친스키 그렇지만 높은 양반이 말할 땐 어쩐지 무서워지는 걸 어떡합니까?
안 나 그렇기도 하겠지만…… 그러나 그런 쓸데없는 소린 그만두고 어서 묻는 말에나 대답하세요. 어떻게 생긴 분이지요? 늙은 분이에요, 그렇지 않으면 젊은 분이에요?
도브친스키 젊은, 아주 젊은 분입니다. 스물서너 살이나 되었을까? 그런데도 꼭 나이 먹은 사람 같은 말투더군요. '거 좋소, 거기도 가봅시다…… 음, 거기도 가봅시다' (두 손을 흔든다) 이런 식으로 말하는데 그것이 청산유수 같다 이 말씀입니다. '나는 글을 쓴다거나 책을 읽는다거나 하기를 좋아합니다만 방이 약간 어두워서 곤란하오' 하고 말이지요.
안 나 머리칼은 어때요? 검정, 아니면 갈색?
도브친스키 아니, 연회색 빛입니다. 그리고 눈은 사나운 짐승의 눈처럼 재빨리 움직여서, 보고 있노라면 가슴이 두근거릴 지경입니다.
안 나 참, 여기 주인이 무슨 말을 적어 보냈을까? (읽는다) '급히 몇 자 적어 보내오. 나는 처음엔 매우 불리하고 곤란한 상태에 있었지만 하느님의 자비심에 힘입어, 특히 소금에 담근 호박 두 개와 연어알 반 접시와 1루블 25카페이카……' (읽기를 멈추고) 무슨 말인지 하나도 모르겠군요. 뭣 때문에 이런 데다가 소금에 담근 호박이니, 연어알이니 하는 걸 썼을까요?

도브친스키 아, 그것은 안톤 안토노비치가 너무 급해서 뭐 딴 걸 쓴 종이에다 썼기 때문에 그렇습니다. 아마 여관 계산서에 쓰신 모양이군요.

안 나 아아, 정말 그렇군요. (계속해서 읽는다) '하느님의 자비심에 힘입어 만사가 원만히 해결될 것 같소. 다름 아니라 귀빈을 모실 방을 즉시 준비하시오. 노란 벽지를 바른 방이 좋을 것 같소. 그리고 점심은 자선병원의 아르체미 필립포비치네 집에서 잡수실 테니까 염려할 필요는 없을 줄 아오. 그러나 술은 넉넉히 마련해야 하오. 상인 아브둘린한테 최고급주로 보내라 하시오. 만일 그렇게 하지 않으면 내가 그놈의 지하실 창고를 샅샅이 뒤지겠다고 일러 두시오. 당신 손에 키스를 보내며 간단히 이만. 당신의 안톤 스크보즈니크 드무하노프스키……' 이거 큰일났구나! 빨리빨리 서둘러야겠는데! 이거 봐, 거기 누구 없니? 미슈카!

도브친스키 (얼른 달려가서 문 밖에다 소리친다) 미슈카! 미슈카! 미슈카! (미슈카 등장)

안 나 넌 아브둘린네 가게로 빨리 달려가거라…… 아니, 가만 있어, 내 몇 자 적어 줄게. (책상에 앉아서, 편지를 쓰며 말한다) 이 편지를 마부 시도르한테 주고, 곧 아브둘린네 가게로 뛰어가서 술을 가져오라고 해라. 그리고 빨리 돌아와서 이 방을 치우란 말이야. 손님이 오시니까. 저기 침대니 대야니 하는 것들도 잘 손질해 놔야 한다.

도브친스키 그럼 안나 안드레예브나, 지금 빨리 달려가서 그분이 어떻게 시찰을 하는지 살펴보고 오지요.

안 나 그럼, 어서 가봐요! 붙잡지 않을 테니.

제 3 장

안나 안드레예브나, 마리야 안토노브나.

안 나 그럼 마리야, 우리는 이제부터 화장을 시작해야겠다. 그분은 페테르부르크 사람이라는데 혹시 웃음 사는 일이라도 있다간 큰일 아냐. 너는 치마폭에 잔주름 잡힌 그 하늘빛 옷이 제일 잘 어울릴 거야.

마리야 하늘빛은 싫어요, 어머니! 난 그건 죽어도 싫어요. 라프킨 차프킨네 아주머니도 하늘빛 옷을 입고 다니고 또 제믈라니카네 딸도 그런데요 뭐, 난 꽃무늬가 있는 옷이 더 좋을 거야.

안 나 꽃무늬라구! 정말 너는 어쩌자고 나한테 맞서려고만 드니. 너는 하늘빛이 훨씬 잘 어울릴 거야. 내가 크림빛을 입을 테니까. 난 크림빛이 제일 좋아.

마리야 어머나, 어머니한텐 크림빛이 맞지 않아요!

안 나 나한테 크림빛이 맞지 않는다구?

마리야 그럼요, 난 맞지 않는다고 장담할 수 있어요. 크림빛을 입는 사람은 눈이 까매야만 하거든요.

안 나 말 잘했다, 그럼 내 눈이 까맣지 않단 말이냐? 내 눈은 아주 까매. 쓸데없는 소리 작작해라! 난 언제나

크라브의 여왕으로 트럼프 점을 치고 있는데 내 눈이 까맣지 않을 리가 있니?

마리야 내 참 어머니도! 어머닌 오히려 하트의 여왕이 맞아요.

안 나 원 얘가, 나중엔 별 바보 같은 소릴 다하네! 나는 절대로 하트의 여왕이 아니야. (마리야 안토노브나를 데리고 급히 퇴장. 무대 뒤에서) 별안간 되지도 않은 수작을 다 생각해 내는구나! 하트의 여왕이라니! 내 원 무슨 소린지.

> 두 사람이 퇴장한 후, 문이 열리고 미슈카, 비질을 하며 나온다.
> 반대쪽 방문으로 오시프가 트렁크를 머리 위에 얹고 등장.

제 4 장

미슈카, 오시프.

오시프 어디로 들어가야 한다?
미슈카 이리 들어오세요. 아저씨, 이쪽이에요.
오시프 가만 있어. 우선 좀 쉬어야겠어. 아아, 이게 무슨 고생살이람! 뱃속이 비어 있으니 짐이란 무엇이든지 다 무거운 것만 같군.
미슈카 그런데 아저씨, 대장님은 금방 오시나요?
오시프 대장이라니 무슨 대장 말이냐?
미슈카 아저씨네 주인 나리 말예요.
오시프 주인 나리? 주인 나리가 무슨 대장이야?
미슈카 그럼 대장이 아니에요?
오시프 대장은 대장이지만 좀 방향이 다르지.
미슈카 그럼 진짜 대장보다 더 윈가요, 아랜가요?
오시프 그야 더 위지.
미슈카 네에, 그래요? 그래서 집안이 발칵 뒤집힌 것처럼 야단이군.
오시프 그런데 여보게, 자넨 꽤 똑똑한 친구 같은데 나한테 뭐 좀 먹을 걸 주지 않겠나?

미슈카 아저씨가 먹을 건 아직 한 가지도 만들지 못했어
  요. 흔해 빠진 요리 같은 건 먹지 않을 거 아니에요?
  이제 좀 있다 아저씨네 주인 나리가 밥상을 받으면,
  그때 아저씨한테도 똑같은 요리를 줄 거예요.
오시프 흔해 빠진 요리라니, 그래 무엇이 있나?
미슈카 배추국하고 죽하고 만두하고, 뭐 그런 거지요.
오시프 그럼 그거라도 가져오게, 배추국에 죽에 만두를
  말이야! 괜찮아, 아무거나 먹을 테니까. 우선 트렁크
  부터 갖다 놔야지! 그런데 그쪽으로 또 문이 있나?
미슈카 있어요.

  두 사람 트렁크를 옆방으로 가져간다.

제 5 장

순경들이 방문을 양쪽에서 일시에 연다. 흘레스타코프가 앞장을 서고 그 뒤로 읍장, 조금 뒤떨어져 자선병원 원장, 교육감, 도브친스키, 콧잔등에 반창고를 붙인 보브친스키가 들어온다. 읍장이 방바닥에 떨어진 종이 조각을 가리키자, 순경들이 당황해 달려가 서로 맞부딪치며 그것을 줍는다.

흘레스타코프 참 훌륭한 시설입니다. 당신네들은 읍내에 있는 걸 무엇이든지 손님들한테 보이는데 나는 그게 아주 마음에 듭니다. 다른 데선 아무것도 보여 주지 않았으니까요.

읍 장 말씀드리기 죄송합니다만, 다른 도시에선 읍장이라든가 관리들이 자기들 생각만, 즉 자기들의 이익만을 생각하고 있지요. 그러나 이 지방에서는 항상 방심하지 않고 질서를 유지함으로써 상부의 배려에 보답하려고 노력하는 것 이외의 다른 생각은 조금도 하지 않는다고 말씀드릴 수 있습니다.

흘레스타코프 점심은 아주 훌륭했습니다. 난 아무래도 과식한 것 같소. 어떻습니까, 당신네들 식사는 맨날 그런가요?

읍 장 아니, 귀한 손님을 위해서 일부러 마련한 겁니다.

흘레스타코프 나는 먹는 데 취미가 있지요. 사실, 사람은 만족의 꽃을 꺾기 위해 살고 있다고 할 수 있으니까요. 그 생선은 이름이 뭐라고 했지요?

원 장 (앞으로 달려가며) 라바르단이라 합니다.

흘레스타코프 거 참 맛이 좋더군요. 그런데 우리가 점심을 먹은 데가 어디더라? 병원이던가?

원 장 네, 그렇습니다. 자선병원이올시다.

흘레스타코프 음, 그렇지, 그렇지, 침대도 있었으니까. 그런데 환자는 모두 완치되었는가요? 내가 보기엔 몇 사람 되지 않는 것 같더군요.

원 장 열 명 가량이나 남았을까요, 그보다 더 많지는 않습니다. 그 밖의 환자들은 모두 완쾌되어 퇴원했습니다. 언제나 그것이 통례로 되어 있지요. 제가 책임을 맡은 이후, 혹시 믿지 않으실지도 모르지만, 모두가 그야말로 파리새끼처럼 건강하게 되어 갑니다. 환자는 입원하기가 무섭게 금방 건강해지는데, 그건 의약의 힘이라기보다는 오히려 성실과 질서의 힘이 더욱 크다고 할 수 있습니다.

읍 장 뭐니뭐니 해도, 죄송스러운 말씀입니다만, 읍의 전반적인 책임을 맡고 있는 읍장으로서의 직책은 이만저만 어려운 게 아니지요. 청소라든가 영선(營繕)이라든가, 개선이라든가 하는 문제와 관련하여 각종 사업

이 어떻게나 많은지…… 간단히 말씀드리자면 제아무리 현명한 인물이라 해도 곤경에 빠져 어쩔 수 없게 될 지경입니다. 그러나 덕분에 모든 일이 순조롭게 되어가고 있습니다. 여느 읍장 같으면 물론 자기 이익만을 도모하기에 급급할 것입니다. 그러나, 곧이들으실 지는 모르겠습니다만, 저는 잠자리에 들어갈 때도 줄곧 이런 생각만 합니다. '아아, 하느님, 어떻게 하면 상부에서 저의 열성을 인정하며, 또 만족하리만큼 훌륭하게 해놓을 수 있겠습니까?' 저의 노고를 표창을 하고 안 하고 하는 것은 물론 상부에서 처리할 일이지만, 적어도 저는 마음속이 평안합니다. 사실, 읍내의 모든 것이 질서정연하고, 길거리는 비질을 해서 깨끗하고, 수감자들의 대우도 좋고, 술주정꾼이 별로 눈에 띄지 않는다면, 그 이상 제가 바랄 것이 무엇이겠습니까? 정말이지 명예는 털끝만큼도 바라지 않습니다. 그야 물론 마음이 끌리지 않는 것은 아니지만, 선행 앞에서는 모든 것이 티끌에 지나지 않으며, 실로 허무한 것입니다.

원 장 (방백) 체, 덜돼먹은 친구가 그래도 말은 곧잘 꾸며대는군! 하느님도 엉뚱한 놈한테 저런 말재주를 다 주었거든!

흘레스타코프 옳은 말이오. 나도 사실은 이따금 작품쓰기를 좋아하는데, 어떤 때는 산문도 쓰고 또 어떤 때는 시가 튀어나오는 일도 있지요.

보브친스키 (도브친스키에게) 사실이야, 피오트르 이바노비치, 틀림없어! 하시는 말 한 마디만 들어 봐도…… 학문이 많은 분이라는 걸 알 수 있거든.

흘레스타코프 그런데 이곳엔 무슨 오락 같은…… 예를 들면 트럼프 놀이 같은 거라도 할 수 있는 모임은 없는지?

읍 장 (방백) 흥, 어딜 노리고 있는지 뻔히 알고 있어 이 친구야! (큰 소리로) 천만에! 이 지방에서는 그런 모임 같은 건 그림자도 없습니다. 저는 한 번도 트럼프를 손에 쥐어 본 일조차 없으니까요. 노름을 어떻게 하는지도 모릅니다. 그런 걸 보기만 해도 절대로 무심할 수가 없는 성미지요. 혹시 무슨 다이아의 킹이니 무엇이니 하는 게 눈에 띄는 일이 있으면 침이라도 뱉고 싶을 정도로 구역질이 납니다. 언젠가 한 번은 어린애들이 좋아하는 걸 보려고 트럼프로 오두막집을 만들어 준 일이 있었는데 그 다음에 밤새도록 꿈자리가 사나웠습니다. 그런 건 정말 보기도 싫습니다. 어떻게 귀중한 시간을 트럼프 같은 걸로 허비할 수 있겠습니까?

교육감 (방백) 더러운 자식, 바로 엊그제 나한테서 100루블이나 따먹고도 그따위 수작을 해?

읍 장 저는 그런 시간이 있다면 국가를 위해 이용하겠습니다.

흘레스타코프 글쎄요, 아니, 당신은 그렇게 말하지만, 그러나…… 무엇이든지 보는 사람의 눈에 따라 다른 법입니다. 예를 들자면, 만일 액수를 두 배로 해서 걸어야 할 때 승부를 그만둔다면…… 그야 물론 그때는 아니, 너무 그렇게만 말하지 마시오, 노름도 이따금 굉장히 재미있을 때가 있답니다.

제 6 장

안나 안드레예브나, 마리야 안토노브나 등장.

읍 장 죄송합니다만 저의 가족을 소개하겠습니다. 제 아내와 딸이올시다.

흘레스타코프 (인사를 하며) 부인을 뵐 수 있는 영광을 갖게 된 것을 무한한 행복으로 생각합니다.

안 나 이렇게 훌륭하신 분을 뵙게 돼서 저희들이야말로 정말 기쁘게 생각합니다.

흘레스타코프 (거드름을 피우며) 천만의 말씀을. 그 정반대 올시다. 나야말로 얼마나 유쾌한지 모르겠습니다.

안 나 그럴 리가 있겠어요! 괜히 겉치레로 하시는 말씀이겠지. 자, 어서 앉으세요.

흘레스타코프 부인 옆에 서 있는 것만으로도 행복합니다. 하지만 부인의 뜻이 굳이 그러하시다면 앉기로 하지요. 이렇게 부인과 나란히 앉을 수 있게 되어 정말 얼마나 행복한지 모르겠습니다.

안 나 별말씀을 다 하시는군요. 너무나 송구스러워서 제겐 곧이들리지 않네요. 페테르부르크에 사시는 분이 이런 곳을 여행하시려니 여러 가지로 불쾌하고 거북

한 점이 많겠지요?

흘레스타코프 정말 불쾌한 점이 많습니다. 상류사회에만 묻혀 살다가 말입니다, 갑자기 길을 떠나 보면 여관은 불결하지요, 인간들은 무지몽매하지요. 사실 솔직히 말해서, 이런 기회가 없다면…… 즉, 나한테…… (안나 안드레예브나를 바라보며 거드름을 피운다) 그런 온갖 불쾌한 것을 보상해 주는 기회가 없다면…….

안 나 정말 얼마나 불쾌하시겠어요.

흘레스타코프 그러나 지금 이 순간은 참으로 유쾌합니다.

안 나 설마 그럴 리가 있겠어요. 그건 분에 넘치는 영광입니다. 저는 그런 말씀을 들을 자격이 없어요.

흘레스타코프 자격이 없으시다니, 그게 무슨 말씀입니까? 부인께선 그런 자격을 가지시고도 남습니다.

안 나 저 같은 시골뜨기가 어떻게…….

흘레스타코프 아니, 시골에도 역시 아름다운 산도 있고 물도 있습니다. 그야 물론 페테르부르크하고 비교할 수는 없겠지만 말이지요. 아아, 페테르부르크! 정말 그렇게 좋은 생활이 어디 있겠습니까! 부인께선 혹시 나를 서류 따위나 정리하고 있는 말단관리라 생각하실는지 모르지만, 천만에, 나는 장관하고도 친구지간이랍니다. 이렇게 어깨를 툭 두드리며 '여보게, 자네 우리 집에 점심이라도 먹으러 오게나!' 이런 식으로 지내지요. 나는 '이건 이렇게 하고, 그건 그렇게 하라' 하는 두어 마디밖에 안 되는 말을 하기 위해서 하루에 2분 정도 관청에 들를 뿐입니다. 그 다음엔 소위 서기라는 하급관리가 있어 가지고 그저 펜으로 쓱쓱 …… 받아 쓰면 그만이지요. 한번은 나를 8등관으로 임명하려 한 일조차 있었지만, 그런 걸 뭐 내가 대수롭게 생각할 줄 압니까? 심지어는 수위까지도 구둣솔을 가지고 현관 층계까지 따라 나와서, '이반 알렉산드로비치, 신을 닦아 드리지요' 한단 말입니다. (읍장에게) 왜 이렇게, 여러분, 왜 이렇게들 서 계시오? 어서 앉으십시오!

읍 장 저희들의 신분으로는 서 있는 편이 좋을 겁니다.

원 장 저희들은 서 있겠습니다. (일제히)

교육감 조금도 염려하지 마십시오.

흘레스타코프 신분 같은 걸 따질 게 아니라 어서들 앉으시오. (읍장을 비롯하여 일동 자리에 앉는다) 나는 너무 예의를 차리는 걸 좋아하지 않습니다. 오히려 되도록이면 사람들 눈에 띄지 않게 슬쩍 빠져 나가려고 무척 애를 쓰지요. 그렇지만 아무리 해도 몸을 숨길 수가 없습니다. 절대로 숨길 수 없지요! 어디든지 밖으로 나가기가 무섭게, '야, 저기 이반 알렉산드로비치가 지나가신다!' 하고 야단들입니다. 한번은 나를 총사령관으로 잘못 안 일조차 있지요. 병사가 위병소에서 뛰어나와 '받들어 총!'을 하지 않겠습니까. 후에 나와 퍽 친한 장교가 이렇게 말하더군요, '여보게, 우린 정말 자네를 총사령관인 줄 알았다네' 하고 말이지요.

안 나 저런!

흘레스타코프 나는 예쁘게 생긴 여배우들과도 잘 아는 사이지요. 나도 역시 여러 가지 희극 같은 걸 쓰니까요. 문인들과도 자주 만납니다. 푸슈킨하고는 너나 하는 사이지요. 내가 가끔, '여보게 푸슈킨, 요새 어떤가?' 하고 물으면 '음, 여전하네……' 라고 대답합니다. 아주 괴상한 친구지요.

안 나 그럼 선생님께선 글도 쓰신다구요? 문학을 하시는 분들은 얼마나 좋을까요! 그렇다면 틀림없이 잡지에도 실리겠지요?

흘레스타코프 그렇지요, 잡지에도 게재합니다. 하지만 내가 쓴 작품은 여간 많지 않아요. ≪피가로의 결혼≫이니, ≪악마 로베르트≫니, ≪노르마≫니, 이젠 이름조차 일일이 기억하지 못할 지경입니다. 그것도 모두 우연의 산물에 지나지 않아요. 사실 나는 아무것도 쓰고 싶지 않지만, 극장 지배인이 '내가 이렇게 부탁하니 하나 써주시오' 해서, 그럼 한번 써볼까 하는 생각이 나면, 당장 그날 저녁 안으로 무엇이든지 완성해 버리고 맙니다. 모두들 깜짝 놀라지요. 구상에 별로 힘을 안 들인다는 점에서 내게는 놀랄 만한 재능이 있습니다. 브람베우스 남작이라는 이름으로 발표되는 작품들은 전부가, 그리고 ≪희망의 쾌속정≫이니, ≪모스크바 전신국≫이니 하는 것도…… 전부 다 내가 쓴 것이 랍니다.

안 나 어머나, 그럼 선생님이 바로 브람베우스 남작이셨군요?

흘레스타코프 물론이지요. 그리고 누가 쓴 것이든지 틀린 문장은 모두 내가 수정해 줍니다. 출판사를 하는 스미르진은 그 사례금으로 나한테 4만 루블을 주고 있지요.

안 나 그러면 ≪유리 밀로슬라브스키≫도 역시 선생님 작품이겠군요?

흘레스타코프 그렇습니다. 그것도 내 작품이지요.

안 나 저도 그럴 거라고 생각했어요.

마리야 그렇지만 어머니, 그 책에는 자고스킨 작이라 적혀 있던걸요?

안 나 저것 봐, 내 그러잖아도 네가 이런 자리에서까지 말썽 부릴 줄 알고 있었다.

흘레스타코프 아, 맞았어요. 옳은 말입니다. 그건 틀림없이 자고스킨 작입니다. 그러나 그것과는 다른 ≪유리 밀로슬라브스키≫가 또 하나 있어요. 그게 바로 내가 쓴 겁니다.

안 나 제가 읽은 건 틀림없이 선생님의 작품일 겁니다. 참으로 잘된 소설이었어요!

흘레스타코프 사실 말하자면 나도 문학으로 생활하는 사람입니다. 우리 집은 페테르부르크에서 제일 가는 저택이지요. 그래서 이반 알렉산드로비치네 집이라면 모르는 사람이 없어요. (일동에게) 여러분, 혹시 페테르부르크에 오시는 일이 있으면 꼭 우리집에 들러 주십시오. 무도회도 자주 베푸니까요.

안 나 아주 호화롭고 흥취 있는 무도회겠지요?

흘레스타코프 그건 말할 것도 없습니다. 예를 들면 식탁 위에는 수박이, 700루블나 하는 수박이 놓여 있지요. 수프는 냄비에 든 채, 파리에서 기선으로 곧장 가져오지요. 뚜껑을 열면 무럭무럭 김이 오르는데 그야말로 세상에 비길 것이 없습니다. 나는 날마다 무도회로 세월을 보내지요. 그리고 페테르부르크에서는 우리들 사이에 트럼프 놀이를 하는 모임이 있는데 외무대신과 프랑스 대사, 영국 대사, 독일 대사, 그리고 나, 이렇게 모입니다. 그러고는 형편없이 지쳐 버릴 때까지 노름을 계속하지요. 노름이 끝나면 4층에 있는 내 방으로 뛰어 올라가서 하녀한테 '자, 마브루시카, 외투를 받아' 하고 한 마디 하기만 하면…… 아, 말이

헛나갔군. 내가 2층의 제일 좋은 데서 살고 있다는 것을 깜박 잊었군요. 우리집은 층계 하나만 해도…… 그건 그렇고, 내가 아직 잠이 깨기 전에 우리집 현관 방을 들여다본다면 참 재미있을 겁니다. 백작이니 공작이니 하는 친구들이 찾아와서 북적북적거리며 벌떼처럼 왕왕 소리를 내고 있지요. 그저 왕……왕…… 하는 소리밖엔 들리지 않아요. 어떤 때는 대신도 찾아옵니다. (읍장을 비롯하여 일동 겁에 질려 의자에서 일어선다) 나한테 편지를 보내는 사람들은 겉봉투에까지 각하라고 써서 보내지요. 대신 노릇도 한번 해봤습니다. 그것도 참 일이 묘하게 되었어요. 장관이 없어져 버렸는데, 어디로 갔는지 아무도 몰랐단 말입니다. 그렇게 되니까 자연히, 대체 누가 그 자리에 앉을까 하는 소문이 구구하게 됩니다. 장군들 가운데도 그 자리를 노리는 친구들이 꽤 많아서 제각기 운동을 해봤지만, 적임자가 없었거든요. 누굴 임명해야 할지 곤경에 빠졌지요. 얼른 생각하기엔 쉬울 것 같지만 잘 생각해 보면 간단한 문제가 아니니까요. 결국 어쩔 수 없이 나한테 왔더군요. 그런데 그때 길거리마다 각계 각층에서 온 사람들이 인산인해를 이루지 않았겠습니까. 놀라지 마십시오. 무려 3만 5천 명 가량이나 되었으니까요! 그래서 이게 어떻게 된 영문이냐 물었더니, '이반 알렉산드로비치, 제발 나오셔서 대신 자리를 맡아 주십시오!'라는 게 아닙니까. 솔직히 말해서 나도 약간 어리둥절해 가지고 자리옷 바람으로 나갔습니다. 거절하고 싶었지만, 아무래도 황제 폐하까지도 아시게 될 것이고, 또 대신의 경력을 가지는 것도 나쁘지 않다고 생각해서…… '여러분, 좋소. 그럼 책임을 맡겠소. 맡기는 맡겠지만 일단 맡은 이상 절대로 부정은 용서하지 않을 방침이오! 내 귀는 아주 예민하다는 걸 알아야 하오! 일단 내가……' 이런 식으로 한 마디 했지요. 그랬더니 아니나다를까, 내가 사무실을 지나갈 때는 그야말로 지진이 일어납디다. 그 일대가 후닥닥 뚝딱 야단이고, 모두들 나뭇잎처럼 바들바들 떨지요. (읍장을 비롯하여 일동 몸을 후들후들 떤다. 흘레스타코프는 더욱더 열을 띤다) 그렇소! 나는 제멋대로 노는 걸 좋아하지 않소. 그런 자들은 모두 단단히 혼을 내주었소. 최고기관인 귀족원조차 나를 무서워한단 말이오. 그건 어째서 그러냐? 내가 그만큼 공정무사한 인간이기 때문이오! 나는 어떤 놈이든지 용서하지 않으니까. 그리고 누구한테나 이렇게 말하오. '나는 나 자신을 잘 알고 있어, 나 자신을!' 나는 어디든지, 어디든지 무상출입이고 궁중에는 매일 들어가오. 내일이라도 나는 곧 원수로 승진할……. (발이 미끄러지는 바람에 하

마터면 엉덩방아를 찧을 뻔했으나 관리들이 공손히 부축한다)

읍 장 (온몸을 부들부들 떨며 다가가서 입을 놀리려고 애쓴다) 각……각……각……각…….

흘레스타코프 (짤막짤막 끊어지는 빠른 목소리로) 무슨 말이오?

읍 장 각, 각, 각, 각……

흘레스타코프 (전과 같은 목소리로) 무슨 헛소리를 하는 건지 통 못 알아듣겠군.

읍 장 각, 각, 각……하, 각하, 좀 쉬시는 게 어떻겠습니까? 이쪽이 각하께서 쓰실 방인데 모든 것이 준비되어 있습니다.

흘레스타코프 쉬다니, 쓸데없는 소리지. 하지만 쉬는 것도 좋소. 여러분, 점심은 정말 맛있었소. 나는 만족하오, 만족하오. 라바르단은 천하일품이야, 천하일품이었어! (옆방으로 들어간다. 그 뒤를 따라 읍장 퇴장)

제 7 장

흘레스타코프와 종복을 빼놓고 일동 그대로.

보브친스키 (도브친스키에게) 피오트르 이바노비치, 저분이야말로 인물이야. 진짜 인물이란 저런 분을 두고 말하는 거지. 여지껏 한 번도 저런 고귀한 인물과 자리를 함께 한 일이 없었기 때문에 난 두려워 죽을 뻔했네. 자넨 어떻게 생각하나, 피오트르 이바노비치? 저분의 관등은 얼마나 높을까?

도브친스키 글쎄…… 기껏해야 장군쯤이나 되겠지.

보브친스키 나는 장군 같은 것은 저분의 발 밑에도 따라가지 못할 거라 생각하네. 장군이라도 틀림없는 대원수야. 자네 저분이 귀족원을 꼼짝 못 하게 했다는 얘기 들었겠지? 자, 빨리 가세. 암모스 표도르비치와 코로스킨한테 얘기해야지. 안녕히 계십시오, 안나 안드레예브나.

도브친스키 안녕히 계십시오, 마님! (두 사람 퇴장)

원 장 (교육감에게) 그저 무조건 무섭기만 하군. 그런데 왜 그런지는 나 자신도 모르겠어. 게다가 우린 제복조차 입고 있지 않았으니 말야. 어떨까, 한숨 주무시고 나면 페테르부르크로 보고서를 보내겠지? (생각에 잠겨 교육감과 함께 퇴장하며) 안녕히 계십시오, 마님!

제 8 장

안나 안드레예브나, 마리야 안토노브나.

안 나 아아, 어쩌면 인상이 그렇게도 좋을까!
마리야 정말 그럴 듯한 분이에요!
안 나 사람을 대하는 품이 어쩌면 그렇게도 고상할까! 세련된 도회 양반이라는 걸 대번에 알 수 있어. 태도를 보나 뭐를 보나 모두가…… 얼마나 훌륭한지! 난 저런 양반이 제일 좋아! 아주 홀딱 반해 버렸어! 그런데 그분도 내가 무척 마음에 든 모양이더라. 가만히 보니까 나만 보고 있지 않겠니!
마리야 참, 어머니도! 그분은 나를 보고 계셨어요!
안 나 얘, 그런 허튼 소린 어디 딴 데 가서나 해라! 그래 그걸 말이라고 하니?
마리야 아니에요, 어머니, 정말이라니까!
안 나 저거 봐라! 제발 좀 너하고 다투지 않을 수 없을까! 아니라면 아닌 줄 알지 무슨 잔소리냐. 뭣 때문에 그분이 너 같은 걸 본단 말이냐? 너 같은 걸 볼 이유가 어디 있냔 말야?
마리야 정말이에요, 어머니. 자꾸만 보고 있었다니까. 문학 얘기를 시작할 때도 나를 슬쩍 보았고, 그 다음 외국 대사들과 트럼프 놀이를 했다는 얘길 할 때도 나를 보고 있었어요.

안 나 그야 어쩌다 한 번쯤 보셨을지도 모르지만, 그것도 다른 뜻이 있어서가 아니다. '아, 이번엔 저 애를 좀 봐줄까' 하는 생각에서 보신 것뿐이겠지.

제 9 장

읍장, 발뒤꿈치를 들고 걸어나온다.

읍 장 쉬……쉬……!
안 나 왜 그러세요?
읍 장 곤드레만드레가 되도록 먹여 놓긴 했지만 아무래도 마음이 놓이질 않아. 저 친구가 지껄인 게 혹시 절반이라도 사실이면 어떡하느냔 말야? (생각에 잠긴다) 아니, 절대로 허튼 수작일 리가 없어. 사람이란 술에 취하면 속에 있는 걸 다 털어놓게 마련이거든. 취중에 하는 말이 진담이라니까. 물론 허풍이야 약간 떨었겠지만, 그러나 사실 조금도 허풍을 떨지 않고서는, 무슨 얘기도 할 수 없는 법이 아닌가. 대신들과 트럼프를 친다, 궁중에 드나든다. 정말 생각하면 생각할수록 저 친구의 정체를 알 수 없단 말이야. 그리고 내 머릿속이 어떻게 됐는지 내 자신도 걷잡을 수가 없어. 마치 무슨 종각 꼭대기에라도 서 있는 것 같은, 그렇지 않으면 목이라도 졸리고 있는 것 같은 기분이야.
안 나 난 조금도 겁나지 않았어요. 그저 그분이 교양 있는 사회에서 자란 고상한 양반이라는 생각밖엔 안 들더군요. 그분의 관등이 무엇이든지 내게 그런 건 상관없어요.

읍 장 그야 여자니까 그렇겠지. 여자라는 그 한 가지면 만사가 해결되고 또 그 한 가지만으로 충분하니까. 여자들한텐 만사가 대수롭지 않게 보일 거야! 그리고 난데없이 엉뚱한 소릴 지껄이기가 일쑤지. 여편네들은 좀 따끔한 맛만 보면 그만이지만, 사내들은 아주 꺼지고 만다는 걸 알아야 해. 그건 그렇고, 당신은 마치 도브친스키 따위를 대하듯이 그분을 대하고 있더군그래.

안 나 그 점에 대해선 미안하지만 당신이 염려할 건 조금도 없어요. 우린 그런 때 쓰는 비방을 약간 알고 있으니까. (딸을 바라본다)

읍 장 (혼잣소리로) 흥, 당신과 얘기해 봐야 소용 없어! 하지만 이런 청천벽력이 어디 있담! 어찌나 혼이 났는지 여태 정신을 차릴 수 없군. (문을 열고) 얘, 미슈카야, 스비스투노프 순경하고 제르지모르다 순경을 불러라. 거기 어디 대문 근처에 있을 거다. (잠시 침묵) 세상일이 모두 괴상하게 돼버렸어. 풍채라도 훌륭하다면 또 모르되 작대기처럼 빼빼마른 꼴만 보고서야 어떻게 그 친구의 정체를 파악할 수 있냔 말이야! 그것도 군인이라면 어떻게 관등쯤이야 짐작하겠지만 프록 코트따위를 걸치고 있으니, 이건 마치 날개를 떼어버린 파리새끼나 마찬가지야. 그래도 아까 여관에서는 오랫동안 죽을 때까지 생각해 봐도 풀지 못할 수수께끼 같은 비유와 암시만 마구 던지더니, 결국은 본색을 드러내고야 말았어. 더구나 필요 없는 말까지 지껄이고, 나이가 어리다는 증거야.

제 10 장

오시프 등장. 일동, 손가락으로 오시프를 부르며 그에게 달려간다.

안 나 이리 좀 와요.
읍 장 쉬! 어떻게 됐어, 주무시나?
오시프 아직 주무시지 않습니다. 지금 기지개를 켜고 계시지요.
안 나 이거 봐요, 이름이 뭐지?
오시프 오시프라 합니다, 마님.
읍 장 (아내와 딸에게) 쓸데없는 소린 그만둬! (오시프에게) 자네 식사는 괜찮던가?
오시프 네, 고맙습니다. 아주 훌륭하더군요.
안 나 내 말 좀 들어 봐요, 아마 주인 나리님한테는 백작이라든가 공작이라든가 하는 분이 많이 찾아오시겠지?
오시프 (방백) 뭐라 대답할까? 지금도 대접이 좋은 걸 보니 잘만 대답하면 더욱 대단해지겠지. (큰 소리로) 네, 백작 되시는 분들도 오십니다!
마리야 그런데 오시프, 나리님은 어쩌면 그렇게 잘생기셨을까!
안 나 오시프, 얘기 좀 해줘, 어째서 그분은······.

읍 장 이젠 그만 해요, 제발! 그따위 쓸데없는 수작을 하면 정작 내가 할 말을 못 하지 않나. 그런데 어떤가, 자네는?

안 나 나리님의 관등은 얼마나 높지?

오시프 관등이야 말하나마나 높지요.

읍 장 이런 제기! 쓸데없는 질문만 들이면 요긴한 말은 한 마디도 못 하지 않냔 말야! 그런데 여보게, 자네 주인님은 어떤가, 까다로운 분이신가? 꾸지람을 잘하시는 편인가, 그렇지 않은 편인가?

오시프 네, 질서정연한 것을 좋아하십니다. 무엇이든지 차근차근 단정하게 하지 않으면 안 돼요.

읍 장 음, 난 자네 얼굴이 아주 마음에 들었네. 자넨 틀림없이 사람이 좋을 거야. 그런데 어떤가……?

안 나 나 좀 봐요, 오시프. 주인 나리님은 거기 계실 땐 정복을 입고 계시나?

읍 장 당신은 잠자코 있으라는데 왜 자꾸만 시끄럽게 구는 거야! 여기가 가장 중요한 대목인데! 사람이 죽느냐 사느냐 하는 문제란 말이야. (오시프에게) 여보게 오시프, 난 자네가 무척 마음에 들었네. 여행을 하며 차를 한 잔쯤 더 마시는 것도 괜찮을걸세. 요즘은 제법 쌀쌀해졌으니까. 자, 차값으로 내 자네한테 2루블을 주지.

오시프 (돈을 받으며) 감사합니다, 나리님! 이렇게 불쌍한
   놈을 도와주신 보답으로 하느님께서 많은 복을 내리
   시기를 빌겠습니다.
읍 장 좋아, 좋아. 그렇게 말하니 나도 기쁘군. 그런데 어
   떤가?
안 나 이거 봐요, 오시프, 주인님은 어떤 색 눈빛을 제일
   좋아하시나?
마리야 오시프, 주인 어른의 코는 어쩌면 그렇게 귀엽게
   생겼을까?
읍 장 가만 있어, 말 좀 하게! (오시프에게) 어떤가, 여보
   게, 주인님께선 뭣에 제일 관심을 가지시는지, 즉 여
   행을 하실 때 어떤 것을 제일 좋아하시는지, 그걸 좀
   얘기해 줄 수 없겠나?
오시프 그때그때 따라서 좋아하시는 것도 다르지만요, 대
   우가 썩 좋고 맛있는 음식을 대접받는 걸 그 중에서
   가장 좋아하십니다.
읍 장 맛있는 음식이라구?
오시프 네, 그렇습지요. 저 같은 인간이야 종살이하는 놈
   입니다만, 그러나 저한테도 좋은 일이 있도록 언제나
   보살펴 주시지요. 정말입니다! 어디든지 가면 '어때,
   오시프, 자네 잘 얻어먹었나?' 하고 묻습니다. '형편없
   었습니다, 나리님!' 하고 제가 대답하면 '흠, 거 주인

이 고약한 친구로군. 오시프, 집에 돌아가면 잊지 않도록 나한테 다시 말해 주게' 하십니다. 그렇지만 저는 속으로 '까짓 거 그냥 내버려 두지! (손을 흔든다) 나 같은 건 사람 축에도 끼지 못하는 놈이니까' 이렇게 생각하고 맙니다.

읍 장 좋아, 좋아. 자네 참 좋은 얘길 했네. 아깐 차값이라고 줬지만 이번엔 거기 덧붙여서 과자값도 주지.

오시프 원 별말씀을 다하십니다, 나리님. (돈을 받아 넣는다) 그럼 내내 안녕하시길 빌며 한잔 마시겠습니다.

안 나 오시프, 이리 와요. 나도 줄 테니까.

마리야 오시프, 주인 어른께 키스해 줘요, 응! (옆방에서 흘레스타코프의 가느다란 기침 소리가 들린다)

읍 장 쉬! (발끝으로 일어선다. 일동, 소곤거리는 소리로 말한다) 떠들었다간 큰일이야! 제 방으로 돌아들 가! 공연히 쓸데없이.

안 나 얘, 우린 가자! 손님에 대해서 뭐 한 가지 생각난 게 있는데 그걸 너한테 얘기해 주마. 단둘이서만 할 얘기야.

읍 장 방에들 가서 아마 굉장히들 지껄여 대겠지! 가서 한 번 들어 보면 귀가 막혀 버리고 말 거야. (오시프에게) 그런데 여보게······.

제 11 장

제르지모르다 순경, 스비스투노프 순경 등장.

읍 장 쉬! 이 다리가 구부러진 곰 같은 녀석들아, 왜 그렇게 쿵쾅거리고 장화 소릴 내는 거냐! 마치 40푸드(중량의 단위. 16.38킬로그램)나 되는 짐을 마차에서 집어 던지고 있는 것처럼 쾅쾅 발을 구르고! 그래 어느 구석에들 박혀 있었어?

제르지모르다 명령하신 대로.

읍 장 쉬잇! (그의 입을 틀어막는다) 그게 뭐야, 까마귀 새끼처럼 까악까악거리며, (흉내를 낸다) 명령하신 대로! 꼭 나무통 속에 들어가서 고함치는 것 같아! (오시프에게) 그럼 자넨 저리 가서 주인님의 일을 봐드리게. 그리고 집안에 있는 건 뭐든지 달라 해서 쓰도록. (오시프 퇴장) 자네들은 현관에 서서 한 발짝도 움직이면 안 되네! 그리고 다른 사람은, 특히 상인놈들은 한 놈도 들여보내지 말란 말이야! 만일에 그 중의 한 놈이라도 들여보내는 날이면, 그때 혹시 진정서 따위를 가지고 오는 놈을 발견하면, 아니, 진정서를 가지지 않았어도 나를 고발할 기미가 있는 놈이라도 발견하면, 뒤에서 발길로 냅다 걷어차란 말야! 이렇게, 아주 호되게! (발길질을 해보인다) 알 만한가? 쉬…… 쉬……. (발뒤꿈치를 들고 순경들의 뒤를 따라 퇴장)

제 4 막

읍장네 집. 전막과 같은 방

제 1 장

암모스 표도로비치, 아르체미 필립포비치, 우편국장, 교육감, 도브친스키, 보브친스키, 예복을 입고 조심스럽게 발끝으로 등장. 모두가 소곤거리는 소리로 말한다.

판 사 (전원을 반원형으로 정렬시킨다) 여러분, 어서 빨리 둥그렇게 서시오, 좀더 나란히! 궁중에도 무상출입하고 귀족원까지도 혼을 낸다는 대단한 어른이 아니오! 자, 군대식으로 정렬하시오, 반드시 군대식이라야 할 거요. 피오트르 이바노비치, 자넨 빨리 이쪽으로 나서게. 그리고 피오트르 이바노비치, 자넨 그 자리에 그냥 서 있고. (두 피오트르 이바노비치는 발끝으로 황급히 달려간다)

원 장 암모스 표도로비치, 자넨 뭐라 할는지 모르지만, 아무래도 무슨 방법을 강구해야 할 것 같네.

판 사 방법이라니 무슨 방법을?

원 장 다 알고 있는 바 아닌가?

판 사 호주머니 속에 슬쩍 넣어 준단 말이지?

원 장 응, 그렇게라도 해야 할 거야.

판 사 그건 위험해. 그러다간 벼락을 맞을걸세! '국가의 중추인물을 어떻게 보는 거야' 하고 호통을 치면 어떡

하나. 그것보다 귀족회의 명의로 무슨 기념품 증정이라는 형식을 취하는 편이 낫지 않을까?

우편국장 그렇지 않으면, '우편 송금이 왔는데 누구 것인지 도무지 알 수 없으니까……' 하면 어떨까?

원 장 조심하게. 그따위 짓을 하다간 어디 아주 먼 데로 자네를 우송해 버릴지도 모르지. 이거 봐, 문명국에선 이런 일은 그런 식으로 하는 게 아니야. 뭣 때문에 여기 일개중대나 되게 모였냔 말이야? 한 사람씩 인사를 하러 가서 단둘이 있는 자리에서, 말하자면…… 적당히 하는 법이지. 그런 일은 그야말로 쥐도 새도 모르게 은밀히 하지 않으면 안 돼! 문명국에선 그렇게 하게 되어 있어. 그럼 암모스 표도로비치, 우선 자네부터 시작하게.

판 사 아니, 자네가 먼저 하는 게 좋을 거야. 자네네 병원에서 그 양반한테 식사를 대접했으니까 말이야.

원 장 그렇다면 청년들의 계몽자인 루카 루키치가 더욱 적합할걸세.

교육감 그건 안 돼. 여러분, 그건 안 될 말이야. 솔직히 말해서 나는 한 계급이라도 높은 사람과 얘길 하려면 정신이 얼떨떨해지고 혓바닥이 진흙탕에라도 빠져들어간 것처럼 말을 안 들어. 난 안 돼. 좀 봐주시오, 제발 좀 봐주시오!

원 장 그럼 암모스 표도로비치, 자네밖에 적당한 사람이 없네. 자넨 입을 열기만 하면 시세로(고대 로마의 웅변가며 정치가)가 튀어나오지 않았나 할 만큼 말을 잘 하니까 말이야.

판 사 자네, 무슨 말을 그렇게 하나. 시세로라구! 엉뚱한 걸 다 끌어다 대는군! 그야 이따금 사냥개 얘길 하느라고 열을 낸 일은 있지만 그렇다고…….

일 동 (그에게 강요한다) 그렇지 않아. 자넨 사냥개에 대해서뿐만 아니라 바빌론 탑에 대해서도 웅변가가 아닌가. 그러지 말고 암모스 표도로비치, 제발 우릴 살려 주는 셈치고, 우리 은인이 되어 주는 셈치고, 자네가 먼저 나서게! 자, 암모스 표도로비치!

판 사 이거 왜들 이러나, 좀 놔주게!

> 이때 홀레스타코프의 방에서 발소리와 헛기침 소리가 들린다. 일동은 앞을 다투어 방문으로 달려가서 서로 몸을 비비며 밖으로 나가려 애쓴다. 서로 밀고 제치고 하는 일이 벌어지지 않을 리 없다. 낮은 비명까지 들린다.

보브친스키의 목소리 이봐, 피오트르 이바노비치, 피오트르 이바노비치! 제발 발을 짓밟지 마.

원장의 목소리 이 사람들아, 좀 빠져 나가게 해줘! 이렇게 밀어 대면 숨을 쉴 수 없잖아!

어이구, 어이구 하는 비명이 몇 번인가 들린다. 마침내 전원이 밖으로 빠져 나간다. 무대는 비어 있다..

제 2 장

흘레스타코프(혼자서 잠이 덜 깬 눈으로 등장.

흘레스타코프 늘어지게 한잠 잘 잔 것 같군. 어디서 그런 푹신한 이부치리니 닭털 베개 따위를 거둬 왔을까? 땀까지 흠뻑 흘렸어. 여태 머리가 띵한 걸 보니, 그 친구들이 어제 점심때 뭐 술 같은 걸 먹인 모양이지? 내 보기엔 이 집에서라면 유쾌하게 시간을 보낼 수 있을 거야. 남한테 환대를 받는다는 건 기분 좋은 일이지. 하지만 솔직히 말해서 무슨 이해관계 때문에서가 아니라 진심에서 우러나오는 환대라면 더욱 즐거울 텐데. 그렇지만 읍장의 딸이라는 것도 그리 나쁘지 않은 편이고, 또 그 어머니라는 것도 역시…… 글쎄, 어떤지 알 순 없지만, 어쨌든 이런 생활은 정말 마음에 들었어.

제 3 장

흘레스타코프와 판사.

판 사 (들어오다가 멈춰 선다. 혼잣말로) 아아, 하느님! 무사히 넘기게 해주십시오. 원 무릎까지 이렇게 떨려서야! (몸을 젖히고 한 손을 사벨에 갖다 댄 채 큰 소리로) 인사를 드릴 수 있게 된 것을 영광으로 생각합니다! 저는 이 고장 군 재판소 판사인 8등관 랴프킨 차프킨올시다.

흘레스타코프 어서 거기 앉으시오. 그럼 당신이 이 지방 판사입니까?

판 사 1816년부터 3개년의 임기로 귀족회에서 선출되어 이렇게 현재까지 복무하고 있습니다.

흘레스타코프 판사 노릇을 하면 뭐 득을 보는 게 있습니까?

판 사 세 번 중임되어 9년 동안 근속한 데 대해 상부로부터 블라지미르 4등훈장을 받았습니다. (방백) 돈을 손아귀에 쥐고 있으니까 주먹이 사뭇 불덩어리 같군.

흘레스타코프 나는 블라지미르를 좋아합니다. 안나 3등훈장이라면 뭐 그렇지도 않겠지만 말이오.

판 사 (움켜쥔 주먹을 조금씩 앞으로 내밀며 방백) 어떡하면 좋담, 내가 어디 앉아 있는지, 그것조차 얼떨떨해서 모르겠으니! 꼭 바늘방석에 앉아 있는 것 같군.

흘레스타코프 거 손에 쥐고 있는 건 뭐요?

판 사 (엉겁결에 지폐를 방바닥에 떨어뜨린다) 아니, 아무것도 아니올시다!

흘레스타코프 아무것도 아니라니, 돈이 떨어지지 않았소?

판 사 (부들부들 떤다) 아니, 절대로 그럴 리 없습니다! (방백) 제기랄! 이번엔 내가 재판을 받아야 할 판이야! 나를 체포하러 호송마차가 곧 오겠지!

흘레스타코프 (돈을 집어들고) 음, 역시 돈이로군.

판 사 (방백) 이젠 끝장 났구나! 파멸이야, 파멸!

흘레스타코프 어떻습니까, 이 돈을 나한테 좀 빌려 줄 순 없겠소?

판 사 (황급히) 원 별말씀 다하십니다. 어서 그렇게 하십시오……. (방백) 자, 좀더 대담하게! 용기를 내야 해, 성모 마리아님, 저를 인도해 주시옵소서!

흘레스타코프 실은 여비를 도중에서 이리저리 다 써버리고 말았어요. 하지만 시골에 가는 대로 곧 보내 드리겠습니다.

판 사 천만의 말씀을! 그런 말씀은 꿈에도 하지 마십시오! 그러지 않아도 저는 더없는 영광으로 생각합니다. 물론 미약한 힘이오나 근면과 열성을 다하여 상부의 배려에 보답하려는 생각밖엔 없으니까요. (의자에서 일

어나 몸을 젖히고 두 손을 바싹 양쪽 다리에 갖다 붙이고 부동
자세를 취한다) 그럼 너무 오래 앉아 있기도 송구스러
운 일이니 이만 물러가겠습니다. 혹시 무슨 명령은 없
으신지……?

흘레스타코프 명령이라구요?

판 사 군 재판소에 무슨 명령하실 일은 없으신가 하는 뜻
에서 드린 말씀입니다만.

흘레스타코프 명령은 무엇 때문에요? 난 지금 그런 데 대
해선 전혀 필요성을 느끼지 않습니다. 아무것도 없어
요. 어쨌든 감사하오.

판 사 (경례하고 물러나면서, 방백) 아아, 이젠 살았군!

흘레스타코프 (암모스가 퇴장하자) 판사라구? 거, 호인인걸!

제 4 장

흘레스타코프와 우편국장(제복을 입은 우편국장 몸을 젖히고 한 손으로 사벨을 넓적다리에 붙이며 등장).

우편국장　처음 뵙겠습니다. 우편국장으로 있는 7등관 슈페킨이올시다.

흘레스타코프　아, 어서 오시오! 이렇게 유쾌한 양반들과 만나는 걸 나는 여간 좋아하지 않습니다. 어서 앉으시죠. 당신은 이 지방에 사신 지 오래 됐습니까?

우편국장　네, 그렇습니다.

흘레스타코프　난 이 읍이 마음에 들었습니다. 물론 인구야 얼마 안 되겠지만 그건 할 수 없는 일이지요. 여긴 수도가 아니니까요. 그렇지요, 수도가 아니잖습니까?

우편국장　네, 지당한 말씀입니다.

흘레스타코프　아무래도 수도가 아니면 고상한 언동을 찾아 볼 수 없더군요. 페테르부르크에서 시골뜨기 지주 같은 건 찾아볼 수 없어요. 어떻습니까, 당신의 의견은?

우편국장　네, 지당한 말씀입니다. (방백) 하지만 이 친구 조금도 거만한 데가 없는데! 아무거나 가리지 않고 막 물어 보는군.

흘레스타코프 그렇지만 조그만 도시에서도 행복하게 살 수 있지 않겠습니까. 그렇지 않아요?

우편국장 옳은 말씀입니다.

흘레스타코프 내 생각으로는 인간에게 필요한 것은 무엇이냐 하면 다만 사람들한테 존경을 받고 진심으로 사랑을 받는 것밖엔 없을 것 같습니다. 어때요, 그렇지 않아요?

우편국장 네, 옳은 말씀입니다.

흘레스타코프 나와 의견이 같다고 하니 정말 반갑소. 물론 나를 괴상한 인간이라고 하는 사람도 있겠지만, 원래가 내 성격이 이렇습니다. (상대방의 눈을 들여다보며 방백) 이 우편국장이라는 친구한테도 돈을 좀 빌려 달라고 해볼까…… (큰 소리로) 그런데 실은 일이 아주 묘하게 돼서 도중에 여비를 몽땅 써버렸는데, 어떻겠습니까? 한 300루블 가량 빌려 주실 수는 없겠는지?

우편국장 어서 그렇게 하십시오. 분에 넘치는 영광이올시다. 자, 여기 있습니다. 무엇으로든지 보답할 수 있기를 충심으로 바라고 있었으니까요.

흘레스타코프 대단히 감사하오. 정말이지 여행중에 옹색한 꼴을 보이는 건 죽어도 싫습니다. 그럴 필요가 없으니까요. 그렇잖습니까?

우편국장 지당하신 말씀입니다. (자리에서 일어나 몸을 꼿꼿

이 하고 한 손으로 사벨을 잡는다) 너무 오래 앉아 있는 것도 송구스러운 일이므로.…… 우편국에 대하여 무슨 주의 주실 것은 없으신지요?

흘레스타코프 아니, 아무것도 없습니다. (우편국장 경례를 하고 퇴장)

흘레스타코프 (엽궐련을 피워 물며) 우편국장이라구? …… 저 친구도 역시 아주 호인인 것 같군. 적어도 친절한 인간이라는 것만은 틀림없어. 난 저런 인간이 좋아.

제 5 장

흘레스타코프와 교육감(교육감 뒤에서 떠밀려 나온 것처럼 방문에서 튀어나온다. 뒤에서 '겁낼 것 없어!' 하는 소리가 들린다).

교육감 (약간 어리둥절해 가지고 몸을 젖히며 한 손으로 사벨을 눌러 잡는다) 처음 뵙겠습니다. 교육감으로 있는 9등관 홀로포프올시다.

흘레스타코프 아, 그렇습니까, 어서 오시오. 거기 앉으시죠, 자, 앉으세요! 엽궐련을 피우시지 않겠습니까?
(엽궐련을 내민다)

교육감 (우물쭈물하며 혼잣말로) 이거 탈났군! 이런 일이 있으리라곤 꿈에도 생각해 보지 못했는데. 받아야 하나, 안 받아야 하나?

흘레스타코프 자, 어서 한 대 피워 보시오! 꽤 피울 만하더군요. 물론 페테르부르크 것에 댈 바는 못 되지만. 저쪽에선 백 가치에 25루블짜리를 피우고 있었는데…… 한 대 피우고 나면 손가락에 키스라도 하고 싶을 정도로 훌륭한 담배지요. 여기 불이 있습니다. 붙이십시오. (촛불을 내민다)

교육감 (담배에 불을 붙이려고 빨며 온몸을 부들부들 떤다)

흘레스타코프 아, 그쪽이 아닙니다, 거꾸로 물었군요.

교육감 (당황하여 담배를 떨어뜨린다. 침을 퉤하고 뱉고는 손을 흔들며 혼잣말로) 에이, 될 대로 되라! 타고난 겁 때문에 끝내 일생을 망치고 마는가 보다!

흘레스타코프 아아, 당신은 엽궐련을 좋아하지 않는군요. 실은 이것이 나의 약점입니다. 그리고 또 한 가지, 여성에 대해서는 암만해도 무관심할 수가 없단 말입니다. 당신은 어떻습니까, 어느 쪽을 더 좋아하십니까? 검은 머리요, 갈색 머리요?

교육감 (뭐라고 대답해야 할지 몰라서 쩔쩔맨다)

흘레스타코프 그러지 말고 털어놓고 말해 보시오. 검은 머립니까, 갈색입니까?

교육감 저, 저는 그런 거 모르겠습니다.

흘레스타코프 아니, 아니, 그런 겸손의 말은 그만두시오. 난 당신의 취미를 꼭 알고 싶어서 그러는 거니까.

교육감 그, 그럼 말씀드리겠습니다. (방백) 이걸 뭐라고 대답해야 좋을까.

흘레스타코프 아아, 말하기가 어려운 모양이군요. 혹시 머리가 검은 어떤 여자가 당신한테 좀 따끔한 맛을 보인 게 아닙니까. 바른 대로 말해 보시오, 그렇지요?

교육감 (아무 말 못 한다)

흘레스타코프 아니 그런데 왜 갑자기 얼굴을 붉힙니까! 저런, 저런! 왜 말을 못 하고 있지요?

교육감 왜 그런지 마음이 떨려서 그럽니다, 각……각……각…… (방백) 에이, 저주스러운 혓바닥이 말을 들어줘야지!

흘레스타코프 마음이 떨린다구요? 사실 내 눈은 사람의 마음을 떨게 하는 그런 데가 있지요. 적어도 나의 시선을 태연하게 받아 낼 만한 여자는 하나도 없다는 걸 나는 알고 있습니다. 그렇지 않나요?

교육감 오, 옳은 말씀입니다.

흘레스타코프 그건 그렇고, 실은 좀 묘한 일 때문에 도중에 여비를 몽땅 털려 버렸어요. 한 300루블쯤 꿔줄 수 없겠는지?

교육감 (양쪽 호주머니를 움켜쥐며 혼잣소리로) 혹시 들어 있지 않았다가는 큰일이야! 아, 있구나, 있어! (떨리는 손으로 지폐를 꺼내서 내준다)

흘레스타코프 대단히 고맙소.

교육감 (뻣뻣하게 부동자세를 취하며 한 손으로 사벨을 받쳐 잡고) 그럼 각하, 저는 이만 실례하겠습니다.

흘레스타코프 잘 가시오.

교육감 (달음질치듯 총총걸음으로 퇴장하며, 방백) 정말 다행한 일이야! 이젠 설마 교실을 들여다보지는 않겠지!

제 6 장

흘레스타코프와 아르체미 필립포비치(아르체미 몸을 젖히고 한 손을 사벨에 갖다 대고 등장).

원 장 인사드릴 기회를 얻어 영광으로 생각합니다. 자선병원 원장 7등관 제믈라니카올시다.

흘레스타코프 안녕하시오! 자, 거기 어서 앉으십시오.

원 장 어제는 제가 맡아 보고 있는 자선병원에 친히 왕림하시어 변변치 못하나마 대접할 수 있는 영광을 주시어⋯⋯.

흘레스타코프 아, 그렇군요, 기억하고 있어요. 썩 훌륭한 점심을 대접받았습니다.

원 장 국가를 위해 충성을 다할 수 있는 것을 기쁘게 생각할 뿐이올시다.

흘레스타코프 나는, 솔직히 말해서 이것이 결점입니다만, 맛있는 음식을 썩 좋아합니다. 그런데 어제 내가 보기에 당신은 키가 좀 작은 편인 것 같았는데⋯⋯ 어떻습니까, 그렇지 않나요?

원 장 혹시 그럴지도 모르겠습니다. (잠시 말을 멈추었다가) 그러나 국가를 위해서라면 어떠한 것이라도 아낌없이 바쳐, 오로지 성심성의 맡은 바 임무를 수행하고 있다는 점만은 거리낌없이 말씀드릴 수 있습니다. (의자를 가까이 옮겨 놓고 목소리를 낮추어) 반면에 여기 우편국장은 그야말로 아무것도 하지 않습니다. 모든 일이 방임 상태에 있기 때문에 우편물들은 오도 가도 않고 낮잠을 자고 있는 형편이지요. 이 문제는 손수 밝혀 주시기 바랍니다. 그리고 방금 제 앞에 들어왔던 판사도 역시 토끼 사냥에만 미쳐서 재판소에서까지 사냥개를 기르고 있는 형편입니다. 한편 그의 행실에 대해 말씀드린다면 그자는 저와 친척지간이고, 또 친구지간이기도 합니다만, 국가를 위한다는 견지에서 말씀드리지 않을 수 없습니다. 가장 비난을 받아야 마땅할 짓을 하고 있습니다. 이 고장에는 도브친스키라는 지주가 있습니다. 그 사람은 각하께서도 만나셨습니다만, 그 도브친스키가 집을 비우고 어디로 나가기가 무섭게 그자는 곧 도브친스키의 마누라한테 가서 달라붙습니다. 이건 맹세해도 좋습니다. 그 어린애들을 한번 보십시오. 그 중에 도브친스키를 닮은 애는 하나도 없어요. 조그만 딸아이까지도 판사와 똑같이 생겼습니다.

흘레스타코프 아, 그래요? 그런 줄은 꿈에도 생각지 못했습니다.

원 장 그리고 또 이 고장의 교육감으로 말하면…… 저는,

상부에서 어떻게 그따위 친구를 그 같은 직책에 임명했는지 도무지 이해할 수 없습니다. 그 친구는 자코뱅당(프랑스 혁명 당시의 과격한 공화파)보다 더욱 악질입니다. 도저히 말로는 표현할 수 없는 불온한 사상을 청년들에게 불어넣고 있습니다. 그 내용을 모두 서면으로 보고하는 것이 좋을 것 같은데, 어떻겠습니까?

흘레스타코프 그야 서면으로 해도 좋지요. 퍽 재미있을 겁니다. 나는 심심할 때면 무슨 흥미 있는 걸 읽기 좋아하니까요. 그런데 당신 성이 뭐라 했지요? 난 곧잘 잊어먹곤 해서.

원 장 제믈라니카라 합니다.

흘레스타코프 아, 정말 제믈라니카라 했지. 그런데 어린 애들은 있습니까?

원 장 있고말고요, 다섯이나 있는데 그 중 두 놈은 벌써 어른이 다 되었습니다.

흘레스타코프 호오, 어른이라구요! 그럼 자제분들은 뭔지 …… 다시 말하면 어떻게…….

원 장 다시 말하면 이름이 무엇이냐 그 말씀입니까?

흘레스타코프 그렇습니다. 이름이 뭔지?

원 장 니콜라이, 이반, 엘리자베타, 마리야 그리고 페레페투야, 이렇습니다.

흘레스타코프 거 참 좋군요.

원 장 너무 오래 앉아 있어서 신성한 업무를 보시는 시간을 허비하시게 할까 염려돼 이만 물러가겠습니다. (나가려고 경례를 한다)

흘레스타코프 (배웅하며) 천만에, 얘기 참 재미있었어요. 다음 기회가 있으면 또 부탁합니다. 난 그런 얘길 여간 좋아하지 않으니까요. (제자리로 돌아갔다가 다시 방문을 열고 뒤에서 소리친다) 아, 보시오! 당신 뭐라 했지요? 금방 잊어버리곤 해서. 이름을 뭐라 했는지?

원 장 아르체미 필립포비치라 합니다.

흘레스타코프 아르체미 필립포비치, 청이 하나 있는데요, 사실은 좀 묘한 일이 생겨서 도중에 여비를 전부 털렸습니다. 혹시 돈을 가진 건 없는지, 한 400루블만 빌려 주셨으면 하는데?

원 장 가지고 있습니다.

흘레스타코프 거 마침 잘 됐군요. 네, 감사합니다.

제 7 장

흘레스타코프, 보브친스키와 도브친스키.

보브친스키 처음 뵙겠습니다. 이 고장에 사는 이반의 아들, 피오트르 보브친스키올시다.

도브친스키 저는 이반의 아들인 지주 피오트르 도브친스키올시다.

흘레스타코프 아, 당신들은 어제 본 일이 있습니다. 그때 아마 당신이 넘어지셨지요? 어떻습니까, 코는?

보브친스키 염려하실 건 없습니다. 덕분에 이젠 딱지가 붙어 다 아물었습니다.

흘레스타코프 다행이군요, 다 나았다니 나도 반갑습니다. (갑자기 무뚝뚝한 어조로) 당신들 돈 가진 것 없소?

도브친스키 돈이오? 돈이라니요!

흘레스타코프 천 루블쯤 빌렸으면 좋겠는데.

보브친스키 그렇게 큰돈은 바른 대로 말해서 제겐 없습니다. 자네한테 없나, 피오트르 이바노비치?

도브친스키 저도 역시 그만한 돈은 수중에 없습니다. 실은 신탁업무를 맡아 보는 자혜원에 예금하고 있기 때문에.

흘레스타코프 그럼 천 루블이 어렵다면 100루블쯤은 되겠지요?

보브친스키 (호주머니를 뒤진다) 피오트르 이바노비치, 자네 100루블 없나? 나한텐 겨우 40루블밖엔 없는데.

도브친스키 (지갑을 들여다보며) 톡톡 털어서 25루블이야.

보브친스키 좀더 잘 찾아보게, 피오트르 이바노비치! 자네 오른쪽 호주머니 밑이 터진 걸 내가 알고 있는데 틀림없이 그 속으로 빠졌을 거야.

도브친스키 아니, 없어. 그 속에도 빠지지 않았어.

흘레스타코프 뭐 상관없소. 난 그저 좀 …… 좋습니다. 65루블이라도 무방합니다. 결국 매일반이니까. (돈을 받는다)

도브친스키 미안한 말씀입니다만, 저, 한 가지 매우 미묘한 문제로 좀 여쭈어 볼까 하는데요.

흘레스타코프 뭡니까?

도브친스키 문제가 무척 까다롭습니다. 다름이 아니라 저의 장남은 제가 결혼하기 전에 낳았는데 말씀입니다.

흘레스타코프 그래서요?

도브친스키 그렇지만 그것은 단지 그렇게 되었을 뿐이고, 그애는 결혼을 하고 낳은 것이나 다름없는, 말하자면 틀림없이 제가 낳은 아이입니다. 물론 그 후 법적으로 결혼수속은 완전히 했지요. 그래서 이번엔 어떤 일이 있어도 그애를 법적으로 제 아들이 되도록, 그리고 저처럼 도브친스키라는 성을 쓸 수 있게 해야겠다는 생각에서 여쭙는 말씀입니다.

흘레스타코프 좋아요, 그 성을 쓰게 하시오. 그건 가능한 문젭니다.

도브친스키 실은 이런 문제를 가지고 폐를 끼쳐 드리고 싶지는 않았습니다만 아무래도 그놈의 재능이 아까워서……. 아직 요렇게 조그만 어린애지만 상당히 전도가 유망합니다. 여러 가지 시도 곧잘 외우고 또 어디 칼이라도 굴러다니는 걸 보면 그것을 가지고 마치 요술쟁이처럼 놀라운 솜씨로 장난감 마차 같은 걸 만듭니다. 여기 있는 이 피오트르 이바노비치도 잘 알고 있습니다.

보브친스키 네, 정말 재간이 놀랍습니다.

흘레스타코프 좋소, 좋소! 내 힘써 보리다. 내가 말해 드리면…… 아마 모든 것이 뜻대로 될 겁니다. 암, 되고 말고. (보브친스키에게) 당신은 뭐 나한테 부탁할 게 없습니까?

보브친스키 네, 한 가지 꼭 부탁드릴 일이 있습니다.

흘레스타코프 뭡니까, 무슨 일인데요?

보브친스키 페테르부르크로 돌아가시면 거기에 계시는 귀하신 분들에게, 귀족원 의원이라든가 해군대장이라든가 하는 분들에게, '각하, 이러이러한 읍에 피오트르 이바노비치 보브친스키라는 자가 살고 있습니다'라고 말씀해 주십시오. '피오트르 이바노비치 보브친스키라는 자가 살고 있습니다' 이렇게만 말씀해 주시면 됩니다.

흘레스타코프 거 아주 좋은 말이오, 그렇게 하리다.

보브친스키 그리고 혹시 황제 폐하를 뵈옵는 기회가 있으시거든 폐하께도 역시, '폐하, 이러이러한 읍에 피오트르 이바노비치 보브친스키라는 자가 살고 있습니다'라고 말씀드려 주시기 바랍니다.

흘레스타코프 그것도 좋소.

도브친스키 너무 오래 실례해서 죄송합니다.

보브친스키 너무 오래 실례해서 죄송합니다.

흘레스타코프 천만에, 별말씀 다하시오! 아주 유쾌했습니다. (두 사람을 배웅한다)

제 8 장

흘레스타코프 (혼자서) 여긴 관리가 꽤 많이 있는걸. 하지만 그 친구들은 나를 굉장한 인물로 생각하고 있는 것 같군. 어제 내가 마구 허풍을 떨었더니 거기 넘어간 모양이야. 밥통 같은 녀석들! 그렇지, 페테르부르크의 트라베치킨한테 이걸 전부 써보내야지. 붓대를 놀려서 먹고 사는 친구니까 이 바보 같은 족속들을 호되게 두들겨 줄 거야. 거기 오시프 있나? 종이와 잉크를 갖다 주게! (오시프, 방문으로 얼굴을 내밀고 '곧 갖다 드리겠습니다'라고 대답한다) 어떤 인간이든지 트라베치킨한테 걸려들면 국물도 없지. 그 친구는 그럴 듯한 수작을 늘어놓기 위해서라면 제 아비조차도 대상에서 제외하지 않는 위인이니까. 게다가 돈이라면 혹하지. 어쨌든 여기 관리들은 호인들이야. 나한테 돈을 빌려준 것만 해도 그 친구들의 입장에서 본다면 기특한 일이지. 전부 얼마나 되는지 한번 세어 보자. 이건 판사가 준 300루블이고, 이건 우편국장이 준 300루우블리, 육백, 칠백, 팔백…… 지독히 손때 묻은 돈도 다 있군! 팔백, 구백…… 야아, 천 루블이 넘는구나.

됐어, 그 대위 녀석, 이번에야말로 덤벼라! 어느 놈이 털리나 어디 두고 보자!

제 9 장

흘레스타코프와 오시프(오시프 잉크와 종이를 가지고 등장).

흘레스타코프 어떤가, 여보게, 녀석들이 나를 대접하는 품이, 응?

오시프 네, 하느님 덕분이지요! 그렇지만 이반 알렉산드로비치!

흘레스타코프 뭐야?

오시프 여기서 떠나야되겠습니다. 사실 떠나야 할 때도 되었구요.

흘레스타코프 (편지를 쓰며) 바보 같은 소리! 어째서 떠나야 한단 말이야?

오시프 별다른 이유가 있는 건 아니지만 이제 저 사람들은 그만 상대 하시는 게 좋을 겁니다. 이 집에서는 이틀이나 놀았으니 그만 하면 충분하지요. 무엇 때문에 저따위 사람들과 어울려 세월을 보냅니까? 침이라도 퉤하고 뱉어 주십시오! 혹시 누구 다른 사람이 나타나면 그땐 정말 무슨 일이 일어날지 모릅니다. 그렇지 않나요, 이반 알렉산드로비치? 여긴 말도 썩 좋은 놈이 있는 모양이니, 그걸 가지고 아주 날아 버립시다!

흘레스타코프 (글을 쓰며) 아니, 난 여기 좀더 있고 싶어. 내일 떠나기로 하세.

오시프 내일 떠나면 뭘 합니까! 그러지 말고 어서 출발합시다, 이반 알렉산드로비치! 나리님한테야 물론 대단한 일일지 모르겠습니다만, 그래도 한시바삐 떠나는 게 상책입니다. ……사실 말이지만 저 사람들은 나리님을 누구 다른 사람으로 잘못 알고 있어요. 그뿐 아니라 이렇게 허송세월하고 있으면 부친께서도 노하실 게 아닙니까. 그러니까 제발 기분좋게 날아 버리고 맙시다. 저 사람들이 말은 썩 좋은 놈으로 줄 테니까요.

흘레스타코프 (그대로 편지를 쓰며) 그렇다면 좋아. 떠나기 전에 이 편지나 부쳐 주게. 그리고 가는 길에 새 마차 배차증을 받아 오도록 하게나. 그 대신에 말은 잘 달릴 수 있는 놈이라야 하네, 알겠나? 마부한테 이렇게 말하게. 기마 전령처럼 부리나케 달리며 노래를 부르면 1루블씩 술값을 주겠다고 말이야! (쓰기를 계속한다) 이걸 받아 보면 트랴베치킨 놈, 아마 배꼽이 빠지게 웃을 거야.

오시프 나리님, 편지는 이 집 하인을 시켜 보내고 저는 시간을 허비하지 않게 곧 짐을 꾸리는 게 좋을 것 같은데요.

흘레스타코프 (글을 쓰며) 좋아, 좋아. 우선 촛불이나 좀 갖다 주게.

오시프 (밖으로 나간다. 무대 뒤에서) 여보게, 나 좀 보게! 자네, 편지 좀 갖다 부쳐 주게나. 가서 우편국장한테 무료로 부쳐 달라 하고, 전령에 쓰는 제일 좋은 트로이카(삼두마차)를 우리 나리님께 곧 보내라고 전해 주게. 그리고 마차 임금은 지불하지 않는다고. ……관용으로 하게나. 좌우간 빨리 갔다 와야 하네. 그렇지 않으면 우리 나리님이 화를 내시니까. 아니, 가만 있어, 아직 편지가 안 됐네.

흘레스타코프 (아직도 쓰고 있다) 그런데 그 친구 지금 어디 있을까? 우편 본국통일까, 고로호바야 거리일까? 그 친구 역시 이사 다니길 좋아하는데다가 집세를 잘라 먹는데 재미를 붙였거든. 그러니 아무렇게나 본국통이라 쓸 수밖에 없군. (편지를 접고 주소, 성명을 쓴다)
(오시프 촛불을 가지고 들어온다. 흘레스타코프 촛농으로 편지를 봉한다. 이때 밖에서 제르지모르다 순경이 '어디로 가는 거야, 이 텁석부리야? 아무도 들어가면 안 된다지 않았어!' 라고 고함치는 소리가 들린다.)

흘레스타코프 (오시프에게 편지를 내주며) 자, 가져가게.
상인들의 목소리 들여보내 주시오! 들여보내지 않는 법이 어디 있어요? 우린 볼일이 있어 왔단 말이오.
제르지모르다의 목소리 저리 가! 저리 가! 지금은 주무시

고 계시기 때문에 만날 수 없어! (점점 더 떠들썩해진다)

흘레스타코프 저건 뭐야, 오시프? 왜들 저렇게 야단인지 좀 내다보게.

오시프 (창문으로 내다본다) 장사꾼 같은 사람들이 들어오려는 걸 순경들이 들여보내질 않고 있습니다. 종이 조각을 휘두르고 있는 걸 보니 분명 나리님을 만나 뵙겠다는 게 틀림없군요.

흘레스타코프 (창가에 가서) 왜들 그러시오, 여러분?

상인들의 목소리 나리님께 부탁이 있어 왔습니다. 제발 저희들의 진정서를 받아 주십시오.

흘레스타코프 들여보내, 들여보내! 들어와도 좋소. 오시프, 들어와도 좋다고 하게. (오시프 밖으로 나간다)

흘레스타코프 (창문으로 진정서를 받는다. 그 중 한 통을 펼쳐 들고 읽는다) '재무장님 각하, 상인 아브둘린 올림……' 이건 도대체 뭐야? 이따위 벼슬은 금시초문인걸!

제 10 장

흘레스타코프와 상인들(상인들 술병이 든 바구니와 사탕 뭉치를 가지고 등장).

흘레스타코프 왜들 그러시오?
상인들 저희들에게 은혜를 베풀어 주십사 해서 왔습니다.
흘레스타코프 그래 어떻게 해달라는 거요?
상인들 제발 저희들을 살려 주십시오, 나리님! 저희들은 아무 잘못도 없는데 온갖 억울한 고통을 다 받고 있습니다.
흘레스타코프 누구한테?
상인들 네네, 모두가 이 고장 읍장의 소행입니다. 여태껏 이렇게 못된 읍장은 정말 한 사람도 없었습니다. 말로는 이루 표현할 수 없이 학대를 합니다. 무기한으로 병사들을 저희집에서 치르게 하여, 차라리 목을 졸라매는 편이 나을 지경으로 못살게 굴고, 한다는 짓이 도저히 사람의 짓이 아닙니다. 남의 턱수염을 움켜쥐고는, '이 망할 놈의 타타르야!' 하고 욕을 퍼부어 댑니다. 이건 정말입니다! 그것도 혹시 저희들이 읍장을 업신여긴다거나 한다면 또 모르되, 저희들은 언제나 마땅히 지켜야 할 예의는 어김없이 지키고 있읍지요. 읍장의 부인이나 따님의 옷감을 바치는 것쯤이라면 저희들이 뭐 이렇다저렇다 군소리할 리가 있겠습니까. 하지만 그 정도 가지곤 간에 기별도 가지 않는 모양입니다. 이건 정말입니다! 그 사람은 가게에 오기만 하면 눈에 띄는 물건은 무엇이든지 닥치는 대로 가져가 버립니다. 나사를 한 필 보면, '이봐, 이 나사 괜찮군. 우리집으로 보내!' 합니다. 그래서 하는 수 없이 보내긴 합니다만, 그 나사로 말하면 거의 50아르신(1아르신은 약 2,3척)이나 되는 물건이올시다.

흘레스타코프 사실인가? 음, 거 아주 못된 녀석이로군!

상인들 사실이고말고요! 누구 할 것 없이 그따위 읍장은 생전 처음 본다고 합니다. 그 사람이 저쪽에 보이기만 하면 가게에 있는 물건은 몽땅 감춰 버립니다. 그렇게 하지 않으면 그 사람은 고급품은 말할 것도 없고 아무리 보잘것없는 것이라도 가리지 않고 무엇이든 가져가고야 마니까요. 벌써 이럭저럭 7년 동안이나 나무통 밑에 말라붙은 채 저희 집 머슴들도 먹지 않는 마른 살구가 있는데, 하다 못해 그런 것이라도 한 줌 집어가는 위인이올시다. 읍장의 세례명 축일은 안톤 날인데 그때는 무엇 하나 빠짐없이 갖다 바치고, 이젠 더 필요한 것이 없겠거니 하고 있노라면 그게 아니니다. 다시 가져오라는 거죠. '오누프리 날도 역시 내 세례명 축일이다' 하니 하는 수 있습니까? 그날에도 무엇이든 갖다 바쳐야 하는 형편이지요.

흘레스타코프 그건 강도질이나 마찬가지로군!

상인들 네, 정말 그렇습니다! 만일 군소리라도 한 마디 했다가는, 병사를 일개 연대나 끌고 와서 밥을 해먹이라 합니다. 그리고 걸핏하면 가게 문을 닫으라는 명령이 떨어지지요. 그러면서 하는 말이, '난 네놈한테 체형을 주지도 않고 고문도 하지 않겠다. 그건 법으로 금지되어 있으니까 말이야. 그래서 난 네놈한테 달콤한 맛을 보여 줄 테다!'

흘레스타코프 그래? 그런 악당놈이 어디 있어! 그따위 짓을 하는 놈은 그야말로 시베리아행이지.

상인들 그 사람을 어디로 보내 버려 주셔도 좋습니다만, 다만 되도록이면 이 고장에서 멀리 떨어진 곳으로 보내 주셨으면 고맙겠습니다. 그리고 이건 정말 부끄러운 것입니다만, 저희들의 성의로 알고 받아 주십시오, 사탕과 포도주올시다.

흘레스타코프 아니, 그런 생각일랑 하지 마시오. 난 절대로 어떠한 뇌물도 받지 않는 주의니까. 하지만 당신들이, 이를테면 300루블쯤 빌려 주겠다고 한다면, 그땐 문제가 전혀 다르겠지. 꿔주는 거라면 나도 받을 수 있소.

상인들 그럼 어서 그렇게 하십시오. (돈을 꺼낸다) 하지만 꼭 300루블이라야 하는 법은 없겠지요. 이왕이면 500루블쯤 받아 두십시오. 저희들은 나리님께서 도와주시기만 바랄 뿐이올시다.

흘레스타코프 좋소, 빌려 주는 거라면 나도 아무 말 않겠소. 받지요.

상인들 (돈을 은쟁반에 담아서 내놓는다) 쟁반도 함께 받아 두시기 바랍니다.

흘레스타코프 음, 쟁반도 괜찮겠지.

상인들 (허리를 굽혀 인사하며) 이왕이면 사탕도 함께 받아 두십시오.

흘레스타코프 안 돼, 안 돼, 뇌물은 절대로!

오시프 각하, 어째서 받지 않습니까? 여행을 하면 무엇이든지 필요하니 받아 두십시오! 그 사탕하고 바구니, 이리 가져오게. 전부 가져와, 받아서 손해는 없을 테니까. 거기 그건 뭐야? 노끈 아니야? 노끈도 가져와! 노끈도 도중에 필요할 때가 있으니까. 마차가 고장나든가 할 때 잡아맬 수 있지.

상인들 그럼 각하, 잘 부탁합니다! 만일 나리님께서 저희들의 소원을 들어주시지 않는다면 어떡해야 할지 앞길이 캄캄합니다. 그저 목을 매고 죽을 수밖엔 없습니다.

흘레스타코프 걱정 마시오! 틀림없이 봐줄 테니. (상인들 퇴장. 여자의 목소리가 들려온다. '당신이 뭔데 못 들어가게 하는 거야! 당신도 고해바칠 테야. 그래 이렇게 사정없이 밀어내기야, 응?')

흘레스타코프 저건 누구야? (창문으로 가까이 간다) 왜 그러시오, 아주머니?

두 여자의 목소리 부탁이 있어 왔어요! 나리님, 제발 좀 들어주십시오.

흘레스타코프 (창 밖으로) 그 사람들을 들여보내!

제 11 장

흘레스타코프, 대장장이의 아내와 하사의 아내.

대장장이의 아내 (허리를 깊이 구부리며) 제발 좀 살려 주십시오!

하사의 아내 제발 부탁이옵니다.

흘레스타코프 당신들은 무엇 하는 여자들이오?

하사의 아내 하사 이바노프의 아내올시다.

대장장이의 아내 대장장이의 아내올시다. 이 읍에 사는데 이름은 페브로니야 페트로브나 포슐로프키나라 합니다, 나리님.

흘레스타코프 가만 있어. 한 사람씩 차례로 말을 해야지. 당신은 무엇 때문에 왔소?

대장장이의 아내 읍장의 처사를 탄원하러 왔습니다! 하느님, 그녀석에게 벌이라는 벌은 다 주시옵소서! 그 악당놈에게도 그 자식들에게도, 그놈의 큰아버지, 작은 아버지, 큰어머니, 작은어머니 할 것 없이 좋은 일이라곤 하나도 없게 해주시옵소서!

흘레스타코프 왜 그러시오?

대장장이의 아내 다름 아니라 그 녀석이 저의 주인을 군대에 내보냈습니다. 사실은 우리가 갈 차례가 아닌데 그 악당놈이 그렇게 했어요! 그건 법에 어긋나는 일입니다. 저의 주인은 아내가 있으니까요.

흘레스타코프 읍장이라도 함부로 그런 짓을 할 수는 없을 거 아니오?

대장장이의 아내 그런데도 그 몹쓸 녀석이 그렇게 했습니다. 하느님, 제발 그놈을 이승에서나 저승에서나 반쯤 죽여 주시옵소서! 만일 큰어머니가 있으면 그 큰어머니도 단단히 혼을 내주시고 또 아비가 살았으면 그 아비놈도 병신이 되든지 한평생 해수병을 앓게 해주십시오! 원칙대로 하면 양복점집 아들이 나가게 돼 있었어요. 더욱이 그 집 아들은 술망나니가 아니겠어요. 그렇지만 그 부모가 뭐 값진 물건을 갖다 바치니까 이번엔 판첼레예바라는 여자 상인의 아들보고 나가라고 했습니다. 그랬더니 판첼레예브나도 역시 그놈의 마누라한테 포목을 세 필 갖다 바쳤지요. 그래서 이번엔 나한테 와서 하는 말이, '네 남편은 돼서 뭘 하냐! 그따위 놈이 너한테 무슨 소용 있겠느냐'라는 겁니다. 소용이 있는지 없는지 그건 내가 알고 있습니다. 정말 갈아먹어도 시원치 않을 녀석이에요! 그리고 한다는 말이, '너의 남편은 절도범이야. 지금 도둑질을 하지 않는다 해도 매일반이지. 그놈은 어차피 도둑질을 할 테니까. 아무래도 내년엔 군대에 뽑혀 나가야 할 게 아니야?'라는 겁니다. 그렇지만 주인이 없으면 나는 어떡하란 말입니까. 악당놈 같으니! 나는 연약한 여자가 아니냐 말예요? 그런데 그런 망할 놈의 자식이 어디 있겠어요! 그놈의 일가친척이 모두 하느님의 은혜를 입지 못하도록, 그리고 장모가 있으면 그 장모까지도……

흘레스타코프 아, 그만, 그만. 잘 알았소. 그럼 당신은?

(노파를 내보낸다)

대장장이의 아내 (밖으로 나가며) 나리님, 부디 잊지 마시고 잘 봐주십시오!

하사의 아내 나리님, 저도 읍장을 고소하러 왔습니다.

흘레스타코프 무슨 일 때문이오? 간단하게 말하시오.

하사의 아내 채찍으로 저를 마구 때렸습니다.

흘레스타코프 어째서?

하사의 아내 잘못 알아보고 실수를 한 것 같습니다, 나리님! 시장에서 여편네들끼리 싸움판이 벌어졌는데 순경이 재빨리 달려오지 못했기 때문에 읍장이 나서서 나를 붙잡고 마구 때린 것입니다. 이틀 동안이나 앉아 있을 수도 없을 지경이었어요.

흘레스타코프 그래서 새삼스럽게 지금 어쩌자는 거요?

하사의 아내 그야 물론 어쩌자는 건 아닙니다만 실수에

대한 벌금쯤은 물게 해주십시오. 저는 굴러들어오는 횡재를 마다할 수 없으니까요. 더욱이 지금 돈이 꼭 필요해서 그럽니다.

흘레스타코프 잘 알았소! 그만 돌아가시오, 돌아가요. 적절히 처리할 테니. (창문으로 진정서를 쥔 손들이 나온다) 아직도 거기 있는 건 누구냐? (창문으로 가까이 간다) 안 돼, 안 돼! 필요 없어, 필요 없어! (창문에서 물러나며) 제기랄! 이젠 지긋지긋해! 오시프, 들여보내지 마!

오시프 (창 밖으로 소리친다) 이젠 가시오, 가요! 시간이 지났어. 내일 오시오!

> 문이 열린다. 턱수염이 텁수룩하고 입술이 부어오른데다 볼에는 붕대를 감은 사내가 값싼 외투를 걸치고 나타난다. 그 뒤로 또 몇 사람이 보인다

오시프 저리 가, 저리 가! 뭘 하러 기어들어오는 거야? (앞장선 사내의 배를 두 손으로 냅다 떠민다. 그리고 떠민 채 자기도 함께 바깥방으로 밀고 나가서 방문을 닫아 버린다)

제 12 장

흘레스타코프와 마리야 안토노브나.

마리야 어마!
흘레스타코프 왜 그렇게 놀라지요, 아가씨?
마리야 아니, 저 놀란 게 아니에요.
흘레스타코프 (일부러 점잔을 빼며) 미안합니다, 아가씨. 당신이 나를 그처럼 생각해 주시니 여간 기쁘지 않습니다. 당신은 나를…… 실례의 말씀입니다만, 누구한테 가시는 길이었습니까?
마리야 저는 정말 아무한테도 가려 한 게 아니에요.
흘레스타코프 어째서 아무한테도 가려 하지 않았단 말씀입니까?
마리야 혹시 여기 어머니가 오시지 않았나 해서…….
흘레스타코프 아니, 어째서 아무한테도 가려 하시지 않았는지 그걸 알고 싶습니다.
마리야 제가 방해한 것 같군요. 중대한 일을 보시느라고 바쁘실 텐데.
흘레스타코프 (의젓하게) 중대한 일보다도 나는 당신의 그 눈이 훨씬 좋습니다. 당신이 와서 방해될 것은 하나도 없습니다. 당신이 무슨 짓을 한대도 조금도 방해될 것은 없어요. 그건 오히려 내게 만족을 갖다 줍니다.

마리야 선생님께선 정말 고상하게 말씀하시는군요.

흘레스타코프 아가씨처럼 어여쁜 분에겐 그래야지요. 당신에게 의자를 권할 수 있는 행운아가 되고 싶은데 어떻습니까? 아니, 당신에게는 의자가 아니라 옥좌를 권해야 마땅할 겁니다.

마리야 무슨 말씀인지 전혀 못 알아듣겠어요. 이젠 가봐야 할 텐데. (의자에 앉는다)

흘레스타코프 그 목도리는 어쩌면 그렇게 아름답습니까!

마리야 너무 비꼬지 마세요. 어떻게든 시골뜨기를 놀려주려는 생각이시죠?

흘레스타코프 아가씨, 나는 당신의 백합꽃과 같은 목덜미를 끌어안기 위해 그 목도리가 되고 싶어 못 견딜 지경입니다.

마리야 무슨 말씀을 하시는 건지 전 조금도 알아들을 수 없어요. 목도리가 어떻게 됐다는 말씀이신지……. 오늘은 참 이상한 날씨군요!

흘레스타코프 하지만 아가씨, 아무리 좋은 날씨보다도 당신의 그 입술이 훨씬 좋습니다.

마리야 공연히 그런 말씀만……. 저어 한 가지 부탁이 있어요. 제 앨범에 기념으로 무슨 그럴 듯한 시를 써주실 수 없을까요? 선생님께선 시를 많이 알고 계실 테 니까요.

흘레스타코프 당신을 위해서라면 무엇이든지 마음에 드는 걸 모두 써드리지요. 말씀하십시오, 어떤 시가 좋은 지?

마리야 뭐랄까, 이렇게 좀…… 색다르고 멋진 것으로.

흘레스타코프 네, 시 같은 건 문제가 아닙니다! 알고 있는 게 얼마든지 알고 있으니까요.

마리야 그럼 어떤 시를 써주시겠어요, 네?

흘레스타코프 뭐 설명할 필요도 없을 겁니다. 그러지 않아도 내가 다 알고 있으니까.

마리야 저는 시를 참 좋아해요.

흘레스타코프 네, 나는 모르는 것이 없을 정도로 다 알고 있지요. 그럼 이런 건 어떨까요. '오오, 그대 인간이여, 슬픔 속에서 오직 신을 원망함은 어쩐 일이뇨!' 그리고 그밖에도 또 있습니다만 지금 잘 생각이 나진 않는군요. 하지만 그런 건 어찌 됐든 상관없습니다. 그 대신에 나의 사랑을 당신한테 바치겠습니다. 당신의 그 눈길에서……. (의자를 가까이 옮긴다)

마리야 사랑요? 전 사랑이라는 건 몰라요. 사랑이 어떤 것인지 그런 거 전 여태 생각해 본 일도 없어요. (의자를 뒤로 옮긴다)

흘레스타코프 왜 의자를 옮기지요? 우린 서로 가까이 앉아 있는 편이 좋을 겁니다.

마리야 (뒤로 물러나며) 가까이 앉아 있으면 뭘 해요? 떨어져 있어도 마찬가지 아니에요?

흘레스타코프 (다가앉으며) 멀찍이 앉았으면 뭘 합니까? 가까이 앉았어도 마찬가진데.

마리야 (뒤로 물러나며) 그렇지만 그럴 필요가 없잖아요?

흘레스타코프 (다가앉으며) 너무 가깝다고 당신이 생각하니까 그렇습니다. 그러지 말고 멀찍이 떨어져 앉았다고 생각하시면 그만이지요. 아가씨, 만일 당신을 내 가슴에 끌어안을 수만 있다면 나는 얼마나 행복할까요.

마리야 (창 밖을 바라본다) 저게 뭘까요, 뭐가 이쪽으로 날아온 것 같은데? 까친가요, 무슨 다른 샌가요?

흘레스타코프 (여자의 어깨에 키스하고 창 밖을 내다본다) 까치군요.

마리야 (발끈 성을 내며 일어선다) 아니, 이건 너무해요. 이런 법이 어디 있어요!

흘레스타코프 (여자를 붙잡으며) 용서하십시오, 아가씨. 당신을 사랑하는 나머지, 오직 당신을 사랑하는 나머지 그렇게 한 것뿐입니다.

마리야 선생님은 저를 시골뜨기로 취급하시는 거죠? (빠져나가려고 몸부림친다)

흘레스타코프 (여전히 여자를 붙잡으며) 사랑하기 때문입니다. 정말로 사랑하기 때문이에요. 좀 장난삼아 그렇게 해본 것뿐입니다. 마리야 안토노브나, 성을 내진 마십시오! 그럼 무릎을 꿇고 용서를 빌지요, (무릎을 꿇는다) 미안하게 됐습니다, 용서하십시오! 이렇게 무릎을 꿇고 빌지 않습니까!

제 13 장

안나 안드레예브나 등장.

안 나 (흘레스타코프가 무릎을 꿇고 있는 것을 보고) 어머나, 이게 웬일이야!

흘레스타코프 (일어서며 방백) 아, 제기랄!

안 나 (딸에게) 이게 뭐야, 응? 이게 대체 무슨 짓이냐?

마리야 어머니, 저는……

안 나 넌 저리 가! 빨리 저리, 저리 가라지 않아! 다시 얼씬만 해봐라! (마리야 안토노브나, 눈물을 흘리며 나간다) 용서하세요, 정말 깜짝 놀랐습니다.

흘레스타코프 (방백) 가만 있자, 이 여자도 괜찮을 것 같군. 꽤 쓸만하게 생겼어. (갑자기 무릎을 꿇는다) 부인, 보십시오, 나는 이렇게 사랑에 불타고 있습니다.

안 나 무릎을 꿇으시다니! 어서 일어나세요, 어서! 방바닥도 깨끗하지 못한데.

흘레스타코프 아닙니다, 꿇고 있겠습니다, 어떤 일이 있어도 꿇고 있겠습니다. 나는 내게 지워진 운명을 알고 싶습니다. 삶이냐 죽음이냐 하는.

안 나 그렇지만, 용서하세요, 전 아직 무슨 뜻인지 잘 모르겠는데요. 선생님께선 혹시 제 딸을 가지고 말씀하시는 게 아닙니까?

흘레스타코프 아닙니다, 나는 당신을 사랑하고 있습니다. 내 목숨은 한 오라기 머리카락에 매달려 있습니다. 만일 당신이 나의 변함없는 사랑을 받아 주시지 않는다면 나는 이 세상에서 살 보람이 없습니다. 이 뜨거운 가슴의 불길! 당신의 손을 잡게 해주십시오.

안 나 실례의 말씀입니다만, 저는 어느 면에서…… 저는 남편이 있는 몸이에요.

흘레스타코프 그게 무슨 상관입니까. 사랑에는 차별이 있을 수 없습니다. '세상 사람들이 비난할 테면 하라'고 카람진도 말했으니까요. 둘이서 자연의 품 속으로 들어가 버리면 그만입니다. 당신의 손을, 그 손을 잡게 해주십시오.

제 14 장

마리야 안토노브나, 별안간 뛰어들어온다.

마리야   어머니, 아버지가 그러시는데……. (흘레스타코프가 무릎을 꿇고 있는 것을 보자 소리를 지른다) 어머나, 어쩌면!

안 나   뭐냐, 또 너는? 응, 어쩌자고 그러는 거야? 왜 그렇게 주책이 없어? 미친 고양이 새끼처럼 허겁지겁 뛰어들고! 무얼 봤다고 그렇게 놀라서 호들갑을 떠는 거냐, 응? 갑자기 무슨 생각이 났어? 정말 넌 세 살 먹은 어린애만도 못하구나. 열여덟 살이나 먹은 게 그게 뭐냐, 응? 나이값을 해라, 나이값을 해! 너는 대체 언제 철이 들려는지, 몇 살이나 더 먹어야 양가집 처녀답게 예의 바르게 될는지 모르겠구나. 품위 있고 조용한 몸가짐이 어떤 것인지 어느 때가 돼야 알겠니!

마리야   (눈물을 글썽해서) 어머니, 저 정말 모르고 그랬어요.

안 나   네 머릿속은 구멍이 뚫린 것처럼 언제나 휑하니 비어 있어. 넌 라프킨 차프킨네 딸을 본받은 모양이구나. 어째서 그따위를 본받느냐 말이다! 하필 그따위를 흉내낼 건 없잖아! 너한텐 얼마든지 좋은 본보기가 있어. 여기 있는 네 어미를 본받으란 말이야.

흘레스타코프 (딸의 손을 잡으며) 안나 안드레예브나, 우리들의 행복을 이루게 해주십시오, 영원한 사랑을 축복해 주십시오!

안 나 (깜짝 놀라서) 그럼 선생님은 이애한테?

흘레스타코프 삶인지 죽음인지 어서 결정을 지어 주십시오!

안 나 이 바보야, 이거 봐. 너같이 아무 짝에도 못쓸 애 때문에 손님이 무릎까지 꿇고 있는데, 글쎄 너는 미치광이처럼 그렇게 뛰어들어야 옳으냐? 그러니까 나도 정말 하는 수 없이 거절해야 되지 않겠니. 너 같은 건 그런 행복을 받을 자격이 없다.

마리야 이제 안 그래요. 어머니, 정말 앞으론 안 그러겠어요.

제 15 장

    읍장, 허겁지겁 등장.

읍 장 각하! 이놈에게 파멸을 주시지 마십시오! 파멸을 주시지 마십시오!

흘레스타코프 아니, 왜 그러시오?

읍 장 그 장사꾼놈들이 각하께 저를 고소했습니다만 저는 명예를 걸고 단언합니다. 놈들이 고해바친 것은 그 절반도 사실이 아닙니다. 오히려 그놈들이 사기꾼들입니다. 그놈들은 손님들한테 저울을 속이고 있었습니다. 그리고 하사의 마누라는 제가 자기를 때렸다고 고자질했습니다만 그것은 전혀 거짓말이올시다. 그 여잔 자기가 자기 몸을 때리고는 그런 소릴 합니다.

흘레스타코프 하사의 마누라가 무슨 상관이오. 난 지금 그런 걸 생각할 여유가 없소!

읍 장 그런 수작을 곧이들으시면 안 됩니다. 절대로 믿지 마십시오! 그놈들은 형편없는 거짓말쟁이들올시다. 삼척동자까지도 놈들의 말은 곧이듣지 않습니다. 그놈들이 거짓말쟁이라는 건 전 읍내가 다 아는 사실입니다. 교활하기가 세상에 비할 데 없는 악질들이올시다.

안 나 여보, 당신은 이반 알렉산드로비치가 우리들한테 얼마나 큰 영광을 주셨는지 알기나 하고 그런 소릴 해요? 이분은 우리 딸애한테 청혼을 했어요.

읍 장 아니, 뭐라구? 당신 정신 나가지 않았어! 각하, 언짢게 생각 마시기 바랍니다. 이 사람은 약간 정신이 이상한 데가 있어서 그럽니다. 저의 장모도 역시 그런 데가 있었습니다.

흘레스타프 아닙니다. 나는 정말로 청혼을 하는 겁니다. 나는 사랑을 하고 있습니다.

읍 장 도저히 믿을 수 없습니다, 각하!

안 나 정말이라는데도.

흘레스타코프 지금 허튼 소릴 하고 있는 게 아니오. 나는 사랑하는 나머지 당장이라도 미칠 것 같습니다.

읍 장 아무래도 믿을 수 없습니다. 저흰 그와 같은 영광을 받을 자격이 없으니까요.

흘레스타코프 그래요? 만일 당신이 마리야 안토노브나와의 결혼을 승낙하지 않는다면 나는 무슨 짓을 할지 알 수 없습니다.

읍 장 믿을 수 없습니다, 각하. 농담을 하시는 거겠지요.

안 나 원, 어쩌면 저렇게도 못 알아듣는담! 그만큼 알아듣게 말씀하시는데!

읍 장 저는 믿을 수 없습니다.

흘레스타코프 승낙해 주십시오, 승낙해 주세요! 나는 성미가 급한 인간이라서 무슨 짓을 할지 모릅니다. 내가 자살한다면 당신은 재판을 받아야 할 거요!

읍 장 천만의 말씀을! 저는 마음에도 몸에도, 절대로 죄가 없는 놈입니다. 제발 화를 내지 마십시오! 정 그러시다면 좋을 대로 하십시오! 저는 정말 머릿속이 지금…… 어떻게 된 건지 저 자신도 모르겠습니다. 지금처럼 바보가 된 적은 여태껏 한 번도 없었습니다.

안 나 어서, 축복을 하세요!

흘레스타코프 (마리야와 함께 가까이 간다)

읍 장 하느님, 이 두 사람에게 축복을 주시옵소서! 하지만 제게 죄는 없습니다! (흘레스타코프, 마리야와 키스한다. 읍장 그들을 본다) 정말 어떻게 된 일이야? (눈을 비빈다) 키스를 하고 있구나! 아아, 키스를 해! 이젠 틀림없는 내 사위야! (기쁜 나머지 껑충껑충 뛰며 소리친다) 야아, 안톤! 야아, 안톤! 야아, 읍장! 정말, 이런 행운이 어디 있나!

제 16 장

오시프 등장.

오시프 마차가 준비되었습니다.

흘레스타코프 음, 좋아. 곧 나가지.

읍 장 아니, 어디로 가시렵니까?

흘레스타코프 네, 좀 가볼 데가 있어서요.

읍 장 그럼 언제 여기를 떠나실 계획이신가요? 이제 방금 이라도 결혼하실 것같이 말씀하셨는데.

흘레스타코프 아, 그저 잠깐…… 잠깐 큰아버지한테 가 볼까 하고요. 하루면 갑니다. 돈이 많은 노인이지요. 그러나 내일이면 돌아옵니다.

읍 장 그렇다면 무사히 다녀오시기만 빌며 억지로 붙잡지는 않겠습니다.

흘레스타코프 염려 마시오, 염려 마시오, 곧 돌아올 테니까. 그럼 안녕 나의 사랑……. 아니, 말로는 도저히 표현할 수 없군요! 잘 계시오, 나의 귀여운 사람! (마리야의 손에 키스한다)

읍 장 도중에 뭐 필요한 건 없습니까? 돈이 필요하단 말씀을 들은 것 같은데요?

흘레스타코프 아니, 괜찮습니다. (잠시 생각해 보고) 하지만 굳이 주실 의향이시라면…….

읍 장 얼마나 소용되시는지?

흘레스타코프 그때 200루블 주셨으니까, 아니, 200루블가 아니라 400루블이었지요. 나는 당신이 잘못 주신 걸 모르는 체하고 싶진 않습니다. 그러니까 이번에도 그만큼만 주실까요? 꼭 800루블이 되게.

읍 장 그렇게 하십시오! (지갑에서 돈을 꺼낸다) 마침 빠삭빠삭한 새돈입니다.

흘레스타코프 정말 그렇군요. (받아서 지폐를 센다) 좋습니다. 새돈을 받으면 새 행복이 온다는 말이 있지 않습니까.

읍 장 그렇습니다.

흘레스타코프 안녕히 계시오, 안톤 안토노비치. 당신의 대접에 감사합니다. 마음속으로부터 고맙게 생각합니다. 이렇게 극진한 대접을 받긴 생전 처음이에요. 안녕히 계십시오, 안나 안드레예브나! 부디 안녕히, 나의 귀여운 마리야 안토노브나!

    일동 퇴장.
    무대 뒤에서 목소리만 들린다.

흘레스타코프 잘 계시오, 내 마음의 천사, 마리야 안토노브나!

읍 장 아니, 쭉 역마차로 가시렵니까? 그래서야 어디 되겠습니까?

흘레스타코프 나는 늘 이걸 타 버릇해서, 스프링이 달린 마차는 오히려 골치가 아픕니다.

마 부 쯧쯧!

읍 장 암만 그러시더라도 쿠션 정도야 깔아야지요. 쿠션을 내오라고 할까요?

흘레스타코프 아니, 필요 없어요, 그런 건 해서 뭘 합니까? 하긴, 호의를 무시하는 것도 뭣하니, 그럼 가져오라 하시오.

읍 장 애, 아브도차야! 광에 가서 제일 좋은 쿠션을 가져오너라. 연두빛 페르샤 천으로 만든 것 말야, 빨리, 빨리!

마 부 쯧쯧!

읍 장 언제 돌아오시는 걸로 알고 있을까요?

흘레스타코프 내일 아니면 모레 옵니다.

오시프 가져왔나? 이리 주게. 이렇게 까는 법이야! 이번엔 저쪽에 마른 풀을 좀 두껍게 깔아 주게.

마 부 쯧쯧!

오시프 이쪽이야, 이쪽! 좀더! 됐어. 이만하면 편히 가겠군! (손으로 쿠션을 두드리며) 자, 각하, 여기 앉으십시오!

흘레스타코프 안녕히 계시오, 안톤 안토노비치!
읍 장 안녕히 다녀오십시오, 각하!
여자들 안녕히 가세요, 이반 알렉산드로비치!
흘레스타코프 안녕히 계시오, 장모님!
마 부 **쯧쯧**, 한번 멋있게 달려 보자!

    말방울 소리가 울린다. 막이 내린다.

제 5 막

4막과 같은 방

제 3 장

제 1 장

읍장, 안나 안드레예브나와 마리야 안토노브나.

읍 장 어때, 안나, 응? 이런 일이 있으리라곤 설마 생각도 못 했겠지? 이런 호박이 굴러떨어지다니, 제기랄! 바른 대로 한 번 말해 봐, 당신 따위는 아마 꿈도 꾸어 보지 못했을 거야. 기껏해야 시골 읍장 부인이던 것이, 별안간…… 흥, 제기랄! 그런 거물급을 사위로 삼을 줄이야!

안 나 그렇지 않아요, 난 벌써부터 이렇게 되리란 걸 알고 있었어요. 당신이야말로 전혀 뜻밖일 거예요. 당신은 여지껏 한 번도 훌륭한 사람을 만나 본 일이 없는 평범한 양반이니까요.

읍 장 이거 봐, 나도 이젠 훌륭한 인간이야. 그러나 한번 생각해 보란 말이야, 안나. 이제 우리한텐 날개가 돋친 거나 마찬가지거든! 그렇지 않아, 안나? 하늘 높이 마음껏 날 수 있단 말이야, 헤, 그런데, 가만 있자 이번에야말로 그 진정서니 고소장을 내기 좋아하는 놈들을 모조리 혼내 줘야지! 이봐, 거기 누구 없나? (순경 등장) 아, 자네, 이반 카르포비치인가! 그 장사치들을 이리 불러오게. 그놈들에게 맛을 좀 보여 줘야지! 감히 나를 고발해? 저주받을 유태놈들! 어디 보자! 지금까진 그래도 사정을 좀 봐줬지만 이젠 그야말로 국물도 없다. 탄원하러 왔던 놈은 모조리 적어 올리게. 특히 어떤 놈보다도, 놈들한테 고소장을 써 준 빌어먹을 대서장이놈들을 적어 올려! 그리고 하느님께서 다시 없는 영광을 읍장한테 내리셨다고 모두들 알아듣게 설명하란 말야. 읍장이 사위를 보게 됐다고. 그것도 시시한 인물이 아니라 세상에서 둘도 없는 훌륭한 어른이라고 하게. 마음만 먹으면 뭐든지, 무슨 일이든지, 못 할 것 없는 어른이지. 모두들 알아들을 만큼 잘 얘기해 주게! 커다랗게 고함치란 말이야! 그리고 종을 울리게! 암, 그렇고말고! 축하를 하려면 마음껏 축하를 해야지. (순경 퇴장) 그건 그렇고…… 어떻게 한다? 안나, 앞으로 어디서 사는 게 좋을까? 여기서 살까, 그렇지 않으면 페테르부르크에 가서 살까?

안 나 그야 물론 페테르부르크로 가야지요. 이런 데 어떻게 처박혀 있겠어요?

읍 장 페테르부르크에서 살아야 한다면 거기도 좋지. 하지만 여기서 사는 것도 그리 나쁘진 않을 거야. 그렇게 되면 읍장 자리 같은 건 집어치워야겠지. 당신은 어때?

안 나 그야 말할 것도 없지요. 읍장 같은 게 무슨 소용이 겠어요!

읍 장 그래서 말이야, 당신은 어떻게 생각하오? 이젠 높은 관직 하나는 따놓은 거나 다름없겠지? 그 사람은 어느 대신하고나 너나 하는 사이이고 궁중에도 드나든다니 말이야. 그러니까 나도 껑충껑충 출세해서 나중에는 장군쯤 될는지 누가 아나. 당신 생각은 어때, 안나? 장군이 될 수 있을까?

안 나 물론 되고말고요!

읍 장 아! 장군이 되면 얼마나 좋을까? 어깨에다 훈장의 수(綬)를 길게 늘어뜨리고……. 그런데 어떤 수가 좋을까? 붉은 것하고 푸른 것중에?

안 나 그야 물론 푸른 것(안드레이 훈장을 말함)이 더 좋지요.

읍 장 뭐라구? 욕심이야 한이 있나! 붉은 것도 괜찮아. 대체 무엇 때문에 모두들 장군이 되고 싶어하는지 알기나 해? 어디로 행차를 할 때는 전령이니 부관이니 하는 사람이 먼저 달려가서, '말을 내놔!'라고 호통을 치거든. 그러면 역관에서는 아무한테도 말을 내줄 수 없으니까 모두들 부지하세월로 기다리고 있어야 하지. 손님들은 모두 고등관이네, 대위네, 읍장이네 하는 친구들이지만 나는 본 체 만 체 달아나 버린단 말이야.

식사는 현지사니 뭐니 하는 집에서 하게 마련인데, 그런 좌석에서 이봐, 읍장! 하고 거드름을 피우거든, 헤, 헤, 헤, (배를 움켜쥐고 커다란 소리로 웃어댄다) 어떠냔 말이야, 응? 멋있지 않아!

안 나 당신은 언제나 그런 점잖지 못한 걸 좋아해서 탈이에요. 이젠 생활태도를 변화시켜야 한다는 걸 알아야지요. 교제를 하는 데도 당신하고 토끼 사냥을 다니는 그따위 개에 미친 판사라든가 제믈라니카 따위가 아니라, 이젠 백작이니 뭐니 하는 아주 점잖은 상류계급에 속하는 분들과 교제해야 하니까요. 그렇지만 나는 당신이 아무래도 걱정되는군요. 상류사회에서는 꿈에도 들어 볼 수 없는 천한 말버릇이 이따금 튀어나오곤 할 테니까 말예요.

읍 장 뭐라구? 말버릇 같은 거야 별로 탓할 게 없지 않아!

안 나 물론, 읍장 노릇이나 하고 있을 땐 상관없겠지만 저쪽에 가면 환경이 아주 달라지니까 걱정이죠.

읍 장 그야 그렇지. 누가 그러는데 저쪽에선 라푸슈카니 코루슈카니 하는 생선이 있다더군. 그놈은 입에 넣기만 하면 혓바닥이 슬슬 녹을 지경으로 맛있다는 거야.

안 나 당신은 맛있는 생선만 있으면 그만이군요! 나는 말이지요, 우리집이 페테르부르크에서 제일 훌륭해야 하고, 또 내 방에는 이렇게 눈을 감지 않고는 들어가지 못할 만큼 향내가 그윽해야만 돼요. (눈을 감고 향내를 맡는 흉내를 낸다.) 아아, 얼마나 좋을까!

제 2 장

상인들이 등장한다.

읍 장 아, 안녕하시오, 여러분!
상인들 (허리를 굽히며) 안녕하십니까, 나리님!
읍 장 어떻소, 여러분, 어떻게들 지내시오? 장사는 잘 되오? 이 사모바르 장사꾼놈아, 이 빌어먹을 장사치들아! 뭐, 네놈들이 나를 고소해? 이 사기꾼들아, 악당놈들아, 해적놈들아, 고소를 해? 그래 이놈들아, 무슨 득을 보았느냐! 이젠 저놈도 감옥살이를 하겠거니 생각하고 있었겠지? 아느냐, 모르느냐, 이 빌어먹을 덜 돼먹은 녀석들아!
안 나 여보, 그게 뭐예요! 그런 상스런 말버릇이 어디 있어요!
읍 장 (못마땅하다는 듯이) 이런 판에 말버릇이 문제야! 그래 이놈들아, 아느냐, 모르느냐? 네놈들이 고소를 한 바로 그분이 이번에 우리 딸과 결혼하게 됐단 말이다! 어때, 응? 그래도 할 말이 있어? 이번에야말로 네놈들을 가만 안 놔둘 테다! 너희들은 세상 사람들을 등쳐먹는 놈들이야. 반쯤 썩은 나사를 관청에 납품

하고는 10만 루블나 사기해 먹었지? 그리고 나한테는 겨우 20아르신 갖다 바치고……. 그래도 고맙다는 말을 듣고 싶어한단 말이냐, 이놈들아! 만일 그것이 드러나면 너희들은 어떻게 되는지 알지? 뭐야, 배를 잔뜩 내밀고 '나는 상인이다, 나를 건드리지 마라.'는 얼굴을 하고. 네놈들은 '우리도 귀족들만 못지 않다'고 떠벌리고 있지? 하지만 귀족은 말이야, 이 덜 돼먹은 놈들아, 귀족은 학문이 있단 말이다! 비록 학교에 갇혀 있다 해도 그건 유익한 것을 배우기 위해서 그러는 거야. 그런데 네놈들은 뭐야? 처음 배운다는 게 사기가 아니냔 말야. 손님을 속일 줄 모른다고 주인한테 얻어맞고, 아직 어려서 '하늘에 계신 아버지시여'도 모르면서 벌써 남을 속이려 들지. 그래 가지고 점점 배가 나와서 호주머니가 두둑해지면 그땐 제법 우쭐거리기 시작하거든. 너희들 생각엔 너희들이 잘난 것 같으냐! 사모바르를 하루에 열여섯 개 만든다고 해서 그걸 가지고 우쭐거리는 거야? 좋아, 내 네놈의 잘난 체하는 그 머리통에다 가래침을 뱉어 줄 테다!

상인들 (허리를 굽히며) 저희들이 잘못했습니다, 안톤 안토노비치!

읍 장 고소를 해? 너희들이 사기하는 걸 도와준 건 누군데? 네놈이 다리를 만들 때, 100루블도 안 하는 재목

대금을 2만 루블이라 적어 놓은 걸 눈감아 준 건 내가 아니냐? 이 염소 수염아, 그걸 그래 잊었단 말이냐? 나는 이 사실을 밝혀서 네놈을 시베리아로 쫓아 보낼 수도 있어. 그래도 할말이 있느냐, 응?

상인들 중의 하나 그저 저희들이 잘못했습니다, 안톤 안토노비치! 어쩌다 마귀의 꾐에 넘어가서 그랬습니다. 앞으로 절대로 고소 같은 짓은 하지 않겠습니다. 무엇이든지 하라는 대로 하겠으니 그저 한 번만 용서해 주십시오!

읍 장 용서해 달라구! 너희놈들은 지금 내 발 밑에서 벌벌 기고 있는데, 그건 어째선지 알아? 말하자면 내가 우세하기 때문이지. 그러나 만일 조금이라도 네놈들한테 승산이 있으면, 악당놈들아, 네놈들은 나를 진흙탕 속에 박아넣고 게다가 통나무를 지질러 놓을 거다!

상인들 (다투어 무릎을 꿇고 굽실거리며) 제발 저희들에게 파멸을 주시지 마십시오, 안톤 안토노비치!

읍 장 '파멸을 주시지 마십시오!' 아까는 무슨 짓을 했는데, 지금 와선 '파멸을 주시지 마십시오'라고? 나는 네놈들을……. (손을 흔든다) 음, 좋아, 하느님께서 용서하시겠지. 이젠 됐어, 나는 언제까지나 원한을 품고 있지는 않을 테니까. 하지만 앞으로 똑똑히 정신을 차리란 말이야! 나는 시시한 귀족 나부랭이가 아니라 아주 훌륭한 분을 사위로 삼는다는 걸 알아야 해! 그것을 축하하는 의미에서…… 알아듣겠지? 무슨 마른 반찬 따위나 사탕 몇 근 정도로 어물어물 때워 버리려 들었다간 재미없어. 자, 그럼 돌아들 가!

상인들 퇴장.

제 3 장

암모스 표도르비치, 아르체미 필립포비치 등장.

판 사 (문턱을 채 넘어서기도 전에) 안톤 안토노비치, 소문을 곧이들어도 좋습니까? 굉장한 행운이 댁에 굴러들어 왔다던데?

원 장 희귀한 행운을 축하합니다. 나는 그 소식을 듣고 진정으로 기뻐했습니다. (안나의 손에 키스하며) 안나 안드레예브나, 축하합니다! (마리야의 손에 키스하며) 마리야 안토노브나, 축하합니다!

라스타코프스키 (등장) 안톤 안토노비치, 축하합니다! 당신들과 신랑 신부의 장수와 가문의 번영을 기원합니다. 안나 안드레예브나, 축하합니다! (그녀의 손에 키스한다) 마리야 안토노브나, 축하합니다! (그녀의 손에 키스한다)

제 4 장

코로브킨 부부와 룰류코프 등장.

코로브킨 축하합니다, 안톤 안토노비치! 안나 안드레예브나! (그녀의 손에 키스한다) 마리야 안토노브나! (그녀의 손에 키스한다)

코로브킨의 아내 새로운 행복을 진심으로 축하합니다, 안나 안드레예브나!

룰류코프 축하합니다, 안나 안드레예브나! (그녀의 손에 키스하고 나서 관중석을 향하여 대담한 표정으로 혓바닥을 내민다) 마리야 안토노브나, 축하합니다! (그녀의 손에 키스하고 다시 관중석을 향하여 똑같은 동작을 한다)

제 5 장

프록코트, 모닝코트를 입은 수많은 손님들이 먼저 안나의 손에 키스하며, '안나 안드레예브나, 축하합니다!' 하고, 다음에는 마리야의 손에 키스하며 '마리야 안토노브나, 축하합니다!' 한다. 보브친스키와 도브친스키, 사람들 사이를 헤치고 허둥지둥 나온다.

보브친스키　축하합니다!

도브친스키　안톤 안토노비치, 축하합니다!

보브친스키　참으로 큰 경사올시다.

도브친스키　안나 안드레예브나!

보브친스키　안나 안드레예브나! (두 사람이 동시에 그녀의 손에 키스하려고 하다가 서로 이마를 부딪친다)

도브친스키　마리야 안토노브나, (손에 키스한다) 축하합니다! 당신은 아주 커다란, 아주 굉장한 행복을 누릴 겁니다. 눈부신 옷을 차려 입고 기막히게 맛있는 여러 가지 수프를 잡수시며 화려한 생활을 하실 겁니다.

보브친스키　(가로채며) 마리야 안토노브나, 축하합니다! 하느님께서 당신에게 만복을 누리게 하시고 산더미 같은 금화와 요렇게 조그만, 요렇게 귀여운 첫아들을 주시기를 빕니다! (손으로 흉내를 낸다) 손바닥에다 요렇게 얹어 놓을 수 있는 아기를 주십사 하고요. 그래도 아기는 연신 이렇게 울어댑니다. 으앙! 으앙! 으앙!

제 6 장

아직도 몇 사람의 손님이 축하를 드린다. 루카 루키치 부부 등장.

교육감 충심으로 축하드립니다.
그의 아내 (앞으로 달려나온다) 축하합니다, 안나 안드레예브나! (서로 키스한다) 정말 얼마나 반가웠는지 몰라요, '안나 안드레예브나가 이번에 따님을 치우신다'지 않겠어요! 나는 속으로 '이런 경사가 어디 있담!' 하고 얼마나 기뻤던지 주인한테, '여보, 사모님은 얼마나 행복할까요!'라고 말했답니다. 나는 속으로, '정말 다행한 일이다' 생각하며 주인한테, '한시바삐 축하를 드리고 싶어 못 견딜 지경으로 마음이 들뜨는군요' 했지요. '어쩌면! 사모님께서 늘 훌륭한 사윗감을 바라고 계셨는데 이번에 다행히도 뜻을 이루셨구나' 하고 생각하니 정말 어찌나 반가운지 말로는 표현할 수 없을 지경이었어요. 기쁨의 눈물을 주룩주룩 흘리며 마구 울었지요. 그러니까 주인이, '여보, 나스첸카, 왜 그렇게 우는 거요?' 하고 묻기에, '왜 그런지 나도 모르겠어요, 눈물이 이렇게, 시냇물처럼 흘러내리는군요' 라고 대답했답니다.

읍 장   자, 여러분, 자리에 앉으십시오! 얘, 미슈카, 이 방
에 의자를 좀더 가져와!

  손님들 자리에 앉는다.

제 7 장

    경찰서장과 순경들 등장.

경찰서장 각하, 삼가 축하의 말씀을 드리며, 아울러 앞으로의 행복을 기원합니다.
읍 장 아아, 고맙소. 고맙소! 자, 여러분, 앉으십시오!
    (손님들 각각 자리를 잡고 앉는다)
판 사 그런데, 안톤 안토노비치, 처음에 말이 어떻게 나와서 일이 그렇게 됐는지, 그 경과를 한 번 들려주실 수 없겠소?
읍 장 그게 또 보통이 아니야. 그분이 직접 청혼을 해왔단 말이오.
안 나 그런데 그 청혼 방식 또한 흠잡을 데 없이 예의를 갖춘데다가 아주 우아하기 짝이 없었거든요. 하시는 말씀 하나하나 여간 훌륭하지 않더군요. '안나 안드레예브나, 나는 오직 당신의 뛰어난 점을 존경하는 까닭에……'라고 하지 않겠어요! 정말 그렇게 의젓하고 학식이 많은 분은 처음 봤어요. 모든 점이 어찌나 고상한지 모르겠어요. '안나 안드레예브나, 나를 믿어 주시겠습니까? 나의 목숨은 1카페이카의 가치조차 없습

니다. 나는 오직 당신의 그 희귀한 성격을 존경하기 때문에……'

마리야 아녜요, 어머니! 그건 나한테 하신 말씀이에요.

안 나 가만 있어! 넌 아무것도 모른다. 자기 일도 아닌데 끼어들 건 없잖아! '안나 안드레예브나, 나는 실로 경탄을 금할 수 없습니다'라고 마구 칭찬의 말을 늘어놓지 않겠어요. 그래서 내가 '저희들은 그런 분에 넘치는 영광을 감히 바랄 수도 없습니다' 하고 대답하려 했더니, 그분은 별안간 무릎을 꿇더니 그야말로 엄숙한 태도로, '안나 안드레예브나! 나를 불행한 인간으로 만들지 말아 주십시오! 나의 애정을 받아들인다고 해주십시오! 그렇지 않으면 나는 죽음으로써 삶의 종지부를 찍겠습니다'라고 하시더군요.

마리야 어머니, 그건 정말 나한테 하신 말씀이에요.

안 나 그야 물론 너한테도 그렇게 말했지, 누가 아니라더냐!

읍 장 사실 놀라지 않을 수 없었어. 그분은 죽겠다는 말까지 했다니까! '난 죽고 말겠습니다! 죽고 말겠어요' 라고 하지 않겠느냐 말이야!

손님들 원, 저런!

판 사 별일도 다 있군!

교육감 이건 그야말로 운명이라 할 수밖에 없습니다.

원 장 운명이 아니야, 이 사람아! 운명이란 변덕스러운 게 아닌가? 읍장님의 공적이 그런 행복을 초래케 하였다고 봐야 하네. (방백) 저런 돼지 같은 놈에겐 언제나 벌린 아가리에 저절로 떡이 떨어져 들어간다니까!

판 사 안톤 안토노비치, 당신이 흥정하시던 그 개 말씀이에요, 그거 그 값으로 드리리다.

읍 장 아니, 내가 지금 어디 개 따위를 생각하게 됐소!

판 사 만일 그놈이 싫다면 다른 놈으로 말씀하십시오.

코로브킨의 아내 정말 얼마나 행복하시겠어요, 안나 안드레예브나! 사모님도 아마 이렇게 되리라곤 생각 못하셨겠죠!

코로브킨 그런데 지금 그 손님께선 어디 계십니까? 무슨 볼일이 있어서 급히 떠나셨다는 말을 들었는데?

읍 장 아아, 극히 중대한 용무 때문에 내일 돌아오시기로 하고 떠나셨소.

안 나 큰아버님한테 결혼 축복을 받으러 가셨답니다.

읍 장 축복을 받으러 가셨는데, 그러나 내일이면…… (재채기를 한다. 축하하는 소리가 한꺼번에 뒤섞여 쏟아져 나온다1) 아, 대단히 감사하오! 그러나 내일이면 다시……
(재채기를 한다)

   축하의 말이 떠들썩한 가운데, 다음과 같은 말소리가 보다

---

1) 재채기를 하면 옆의 사람이 축하의 말을 하는 습관이 있다

뚜렷하게 들린다.

경찰서장　건강을 빕니다, 각하!
보브친스키　백년까지 장수하시고 금화가 듬뿍 생기기를!
도브친스키　천년 만년 장수하시기를!
원 장　(방백) 너 같은 놈은 뒈져 버려라!
코로브킨의 아내　(방백) 벼락이나 맞아라!
읍 장　대단히 감사하오! 여러분들도 역시 그러기를 빕니다.
안 나　우리는 이번에 페테르부르크로 이사하게 될 거예요. 여긴 사실 좀 너무 촌스러워서요. 솔직히 말해서 불쾌한 점이 한두 가지가 아니에요. 그리고 우리 주인 양반도 그쪽에서 장군으로 임명될 테니까.
읍 장　그렇소. 사실 말이지, 나는 장군이 되고 싶어 환장할 지경이오.
교육감　그렇게 되기를 빌어 마지않습니다!
라스타코프스키　인간의 힘으로는 불가능할지 모르지만 하느님의 힘이라면 안 될 일이 없겠지요.
판 사　큰 배엔 어려운 항해가 따르는 법이랍니다.
원 장　공적으로 본다면 그만한 명예는 오히려 당연합니다.
판 사　(방백) 정말로 장군이 되는 날엔 별 괴상한 짓을 다 할 거야! 저런 친구가 장군이 되면 그야말로 암소 잔등에 안장을 메운 격이지! 하지만 아직은 어림도 없을걸. 세상엔 저 친구보다 잘난 사람이 얼마든지 있지만, 그런데도 다들 아직 장군이 못 되었으니까……
원 장 (방백) 망할 놈의 자식, 벌써부터 장군 행세를 하려 들다니! 그렇지만 어쩌면 장군이 될지도 몰라. 저 악당놈은 그래도 어딘지 위엄이 있어 보이거든. (읍장을 향하여 큰 소리로) 안톤 안토노비치, 그땐 우리들도 잊지 마시기 바랍니다!
판 사 혹시 무슨, 말하자면 공무상 사람이 필요하게 될 땐 잊지 마시고 밀어 주시기 바랍니다.
읍 장 그 점은 나도 생각하고 있는 바요. 언제든지 힘써 드리리다.
안 나 당신은 항상 무턱대고 약속을 하는 게 탈이에요. 첫째로 그런 걸 생각할 시간적 여유가 도저히 없을 거예요. 그리고 그런 시끄러운 부탁을 받아들일 필요가 어디 있어요? 이행할 수도 없는 약속을.
읍 장 거 무슨 말이야? 때에 따라서는 이행할 수도 있는 문제지.
안 나 그야 물론 할 수 있겠죠. 그렇지만 허구많은 송사리들을 어떻게 모두 돌봐 줄 수 있겠느냐 말예요.
코로브킨의 아내 저 말버릇 좀 봐. 도대체 우릴 무엇으로 취급하는 걸까요?
여자 손님 그래요. 저 여잔 원래가 저렇게 돼먹었답니다.

난 잘 알아요, 테이블 앞에 앉히면, 그 위에 발이라도 선뜻 올려놓을 여자니까요……

제 8 장

우편국장, 허둥지둥 뛰어들어온다. 손에는 개봉한 편지를 들고 있다.

우편국장 기막힌 일이 생겼어요, 여러분! 우리가 검찰관인 줄 알았던 관리는 말이지요, 사실은 검찰관이 아닙니다!
일 동 뭐, 검찰관이 아니라구!
우편국장 검찰관이 다 뭡니까! 나는 편지를 보고 그 사실을 알아냈습니다.
읍 장 거 무슨 말이오, 당신 미치지 않았소? 편지라니!
우편국장 그놈이 제 손으로 쓴 편집니다. 우리 우편국에 가져왔기에 수신인의 주소를 보았더니 우편 본국통이라 씌어 있지 않겠습니까! 정신이 아찔하더군요. '이건 필경 우편 사무가 엉망진창인 걸 알아내 본국에 보고하는 거로구나' 생각했지요. 그래서 나는 그걸 가로채서 뜯어보았습니다.
읍 장 당신이 어떻게 감히……?
우편국장 나 자신도 알 수 없어요. 그 어떤 이상한 힘이 나를 충동질했는가 봅니다. 처음엔 그 편지를 속달로

부칠 생각으로 전령까지 불러왔지만 여태껏 한 번도 경험한 일이 없는 강한 호기심에 정복되고 말았습니다. '편지 내용이 궁금해서 못 견디겠구나, 못 견디겠어, 정말 못 견디겠구나' 하는 소리가 들리며 무엇인지 자꾸만 내 손을 잡아 끌더군요! 한쪽 귀에선 '이놈아, 뜯지 마! 뜯는 날이면 닭의 모가지를 비틀 듯이 네 모가지를 비틀어 버릴 줄 알아라' 하는 소리가 들립니다. 그러자 다른 한쪽 귀에선 마치 무슨 마귀새끼가 속삭이듯, '뜯어라, 뜯어, 뜯어!' 하지 않겠습니까. 그래서 편지를 봉한 촛농을 떼었을 때는 혈관 속으로 뜨거운 불길이 좍 흐르는 것 같더니, 다음 편지를 꺼냈을 땐 등골이 오싹했어요. 손이 부들부들 떨리며 눈앞이 온통 뿌옇게 돼버렸습니다.

읍 장 당신은 어쩌자고 그런 특명을 띤 귀한 분의 편지를 함부로 뜯은 거요?

우편국장 바로 그겁니다, 그놈은 특명을 띠지도 않았을 뿐더러 귀한 분도 아니란 말씀입니다!

읍 장 그럼 당신은 그분이 누구라는 거요?

우편국장 이것도 저것도 아닙니다. 어디서 굴러먹던 놈인지 알 게 뭡니까?

읍 장 (불끈 성을 내며) 뭐, 이것도 저것도 아니라구? 어쩌자고 당신은 감히 그분을 이것도 저것도 아니라고 하

는 거요? 게다가 어디서 굴러먹던 놈인지 알게 뭐냐
　　　구? 난 당신을 체포하겠소.
우편국장　누가? 당신이?
읍　장　그래, 내가!
우편국장　아마 손이 닿지 않을 겁니다!
읍　장　당신은, 그분이 내 딸과 결혼한다는 걸 알고 그런
　　　소릴 하는 거요? 나도 고관이 된단 말이오. 나는 당
　　　신을 시베리아에라도 추방할 수 있소.
우편국장　허, 안톤 안토노비치! 시베리아라고요? 시베리
　　　아는 멀지요, 멀어. 그러지 마시고 내가 읽어 드릴 테
　　　니 한번 들어 보시오. 여러분, 편지를 읽을까요?
일　동　읽으시오! 읽으시오!
우편국장　(읽는다) '친애하는 트랴페치킨에게. 우선 내가
　　　겪은 기기묘묘한 사건부터 시급히 자네에게 알려야겠
　　　네. 시골로 돌아오는 길에 어떤 대위놈한테 걸려들어
　　　여비를 몽땅 털리고 말았다네. 그래서 여관 주인이 밥
　　　값을 안 낸다고 나를 유치장에 집어넣으려고 하는 판
　　　에, 뜻밖에도 나의 페테르부르크식 세련된 용모와 옷
　　　차림 덕분에 마을 전체가 나를 검찰관으로 오인해 버
　　　리지 않았겠나. 그래서 지금 나는 읍장네 집에 유숙하
　　　며 호화판으로 시간을 보내면서 읍장의 마누라와 딸
　　　한테 집적거리고 있는 중이지. 어느 쪽부터 먼저 손을

대야 할지 아직 결정하지는 않았지만, 우선 마누라 쪽부터 시작할 생각이네. 그쪽이 지금 당장에라도, 무슨 말이든지 들어 줄 것 같으니까.

자네 우리들이 돈이 떨어져서 무전취식했던 일을 기억하고 있겠지? 한 번은 고기만두를 먹고 돈을 내지 않는다고 제과점 주인이 내 멱살을 움켜쥔 일이 있지 않았나! 그러나 이번엔 그와 정반대란 말이야. 누구든지 달라는 대로 척척 돈을 꿔준다네. 모두들 괴상야릇한 친구들이야. 자네 같으면 아마 너무 웃다가 죽고 말걸세. 자네가 신문이나 잡지 같은 데 글을 쓴다는 걸 나도 알고 있네. 이 친구들을 작품의 모델로 사용해 보게. 첫째로 읍장이라는 친구는 늙어빠진 나귀 같은 얼간이고……'

읍 장 그럴 리가 없어. 그런 소리가 거기 씌어 있진 않을 거야!

우편국장 (편지를 보이며) 그럼 당신이 직접 읽어 보시오!

읍 장 (읽는다) '늙어 빠진 나귀 같은……' 아니야, 이럴 리가 없어. 이건 당신이 보태 써넣었겠지?

우편국장 무엇 때문에 내가 보태 써넣어요?

원 장 읽게!

교육감 어서 읽으시오!

우편국장 (다시 읽는다) '읍장이라는 친구는 늙어빠진 나귀

같은 얼간이고…….'
읍 장 망할 놈 같으니! 두 번씩이나 되풀이할 게 뭐야! 그러지 않으면 거기 씌어 있는 말이 달아나기라도 할까 봐 그러는 건가?
우편국장 (읽기를 계속한다) 음…… 음…… 음…… 음…… '나귀 같은 얼간이고, ……우편국장이란 작자도 역시 호인이야' (읽기를 멈추고) 음, 그놈이 나에 대해서도 건방진 수작을 늘어놓았군.
읍 장 어서 읽기나 해!
우편국장 뭐, 읽을 필요까지야 없지 않습니까?
읍 장 개수작 마, 이왕 읽기 시작했으면 끝까지 읽어야지! 어서 읽어요.
원 장 이리 주게, 내가 읽을 테니. (안경을 쓰고 읽는다) '우편국장은 중앙청 수위 미헤예프와 똑같이 생겼는데, 필경 이 친구도 노예 근성이 농후한 졸자인데다가 주정뱅이일걸세.'
우편국장 (관중석을 향하여) 흥, 더러운 놈의 새끼, 그런 놈은 그저 채찍으로 후려갈겨 줘야 해. 그 이상은 필요 없어!
원 장 (계속해서 읽는다) '자선병…… 음…… 음……'
코로브킨 아니, 왜 읽지 않는 거요?
원 장 그런 게 아니라 글씨가 똑똑하지 못해서, 어쨌든 그놈이 알건달인 것만은 확실해.

코로브킨 그 편지 이리 주시오. 아마 내 눈이 당신 눈보다는 밝을 거요.

원 장 (편지를 내주지 않으며) 아니, 여긴 그냥 넘겨 버리면 돼. 그 다음은 알기 쉽게 씌어 있으니까.

코로브킨 자, 봅시다, 내 다 알고 있어요.

원 장 읽을 거면 내가 계속 읽겠소. 앞으로 나가면서는 아주 알기 쉽게 씌어 있으니까.

우편국장 아니, 빼놓지 말고 읽게! 지금까지는 다 읽었는데 그런 법은 없어.

일 동 내놓게, 아르체미 필립포비치! 편지를 내놓으란 말이야! (코로브킨에서) 당신이 읽으시오!

원 장 그럼 좋아. (편지를 내준다) 그럼…… (손가락으로 한쪽을 가리며) 요기서부터 읽어 주시오. (모두들 그에게 모여든다)

우편국장 읽어요, 읽어! 쓸데없는 소리 말아요. 어서 모조리 다 읽으시오!

코로브킨 (읽는다) '자선병원 원장인 제믈라니카는 꼭 돼지가 벙거지를 쓴 꼴이고.'

원 장 (관중석을 향하여) 흥, 되지도 않은 수작을! 돼지가 벙거지를 써? 벙거지를 쓴 돼지가 세상에 어디 있어!

코로브킨 (계속해 읽는다) '교육감이란 작자한테서는 썩은

파 냄새가 코를 찌를 지경이야.'

교육감 (관중석을 향하여) 사실 말이지, 난 파 같은 건 입에 댄 일조차 없습니다.

판 사 (방백) 다행이군, 적어도 내 얘긴 없는 모양이니!

코로브킨 (계속해서 읽는다) '판사 노릇을 하는……'

판 사 이크! (큰 소리로) 여러분, 이 편지는 너무 지루한 것 같소. 그리고 쓸데없는 수작을 늘어놓은 이따위 휴지 조각 같은 걸 읽을 필요가 어디 있소!

교육감 안 돼요!

우편국장 안 돼, 읽으시오!

원 장 어서 읽어요!

코로브킨 (읽는다) '판사 노릇을 하는 라프킨 차프킨이란 친구는 최고의 '모베 톤(악취미)'이라네…….' (읽기를 멈추고) 이건 프랑스 말일 거요.

판 사 무슨 뜻인지 알 수가 있어야지! 그저 악당 정도라면 오히려 다행이지만, 모르긴 해도 더욱 나쁜 뜻이겠지.

코로브킨 (계속해서 읽는다) '그렇지만 모두 친절하고 선량한 작자들이지. 그럼 잘 있게, 친애하는 트랴페치킨. 나도 자네를 본받아 문학을 해보고 싶은 마음이 생기네. 이렇게 되는 대로 살아가는 것도 이젠 싫증이 났어. 결국에 가서는 마음의 양식을 원하게 되는 모양이지. 반드시 무슨 고상한 일에 종사할 필요가 있을 것만 같아. 사라토프 현으로 편지 보내 주게. 포드카칠로프카 마을이라 하면 되니까. (편지를 뒤집어 주소를 읽는다) 세인트 페테르부르크 시 우편 본국통 97번지, 뜰 안쪽 3층 오른쪽. 이반 바실리예비치 트라베치킨 귀하.'

여자 손님 정말 고소하게 잘됐군요!

읍 장 망할 놈의 자식이 사람을 요꼴로 만들다니. 내가 이게 무슨 꼴이야! 응, 이게 무슨 꼴이냔 말이야! 아무것도 안 보이는 구나! 사람의 얼굴 대신 돼지 콧잔등 같은 게 얼씬거리고. 그 밖엔 아무것도 안 보여. 붙잡아 와, 그놈을 다시 붙잡아 오란 말이야! (손을 흔든다)

우편국장 붙잡아 오다니, 어림도 없습니다! 내가 벌써 역관지기한테 제일 좋은 토로이카를 내주라고 명령했으니까요. 게다가 다음 역관에서도 그렇게 하라는 명령서를 띄웠으니 기가 막힙니다.

코로브킨의 아내 정말 어처구니없는 소동이로군요!

판 사 더군다나 그 빌어먹을 자식이 글쎄 나한테서 300루블이나 꿔가지고 달아났어요!

원 장 나한테서도 300루블.

우편국장 (한숨을 쉬며) 나도 300루블.

보브친스키 나는 피오트르 이바노비치와 둘이서 지폐로 65루블이 올시다, 네.

판 사 (믿지 못하겠다는 얼굴로 두 손을 펼쳐 들고) 이게 대체 어떻게 된 노릇이오, 여러분? 도대체 어떻게 우리가 이런 실책을 저질렀느냔 말입니다.

읍 장 (자기의 이마를 두드리며) 어쩌다 내가, 아니, 나처럼 늙어빠진 등신이 어디 있어! 망령이 들었지, 망령이 들었어. 30년이나 관리생활을 해왔지만 장사치건 청부업자건 한 놈도 나를 속여넘기진 못했단 말이야. 날고 긴다는 악당놈들도 나한테는 국물도 없었어. 온 세상을 몽땅 훔쳐 낼 수 있다는 늙은 여우나 사기꾼들도 오히려 나한테 넘어가지 않았느냐 말이야. 나는 현지사까지도 세 사람이나 속여먹었어! 현지사가 뭐야! (손을 흔든다) 현지사 같은 건 문제시할 것도 못 되지!

안 나 하지만 그럴 리가 없어요. 그분은 마리아와 약혼을 했으니까.

읍 장 (성을 내며) 약혼을 했다구! 꿈 같은 소리 작작해. 약혼은 무슨 빌어먹을 약혼이야! 뻔뻔스럽게도 내 눈 앞에서 약혼이니 뭐니 하고 씨부렁거려! (미친 듯이) 자, 봐, 똑똑히들 봐라, 온 세상 사람들아, 모든 그리스도교도들아, 이 읍장놈이 얼마나 놀림거리가 됐는지, 모두들 똑똑히 봐라! 나는 밥통이야, 늙어빠지고

지지리 못난 바보 녀석이야! (주먹을 움켜쥐고 스스로를 위협하며) 에이, 이 말코 같은 녀석아! 추녀끝의 고드름만도 못한 놈을, 거지 발싸개만도 못한 놈을 고관으로 잘못 보다니! 지금쯤 그놈은 말방울 소리를 요란하게 울리며 대로를 달려가고 있겠지, 그리고 온 세상에 이 창피스러운 얘기를 퍼뜨리고 돌아다니겠지! 웃음거리가 될 정도라면 그래도 괜찮은 편이지만 엉터리 문학가니 작가니 하는 놈들이 나를 주인공으로 희극을 꾸미겠지. 그게 원통하다는 거야! 그자들은 내 관등이나 신분 같은 걸 보고 용서할 놈들이 아니야. 모두들 이를 드러내고 웃어대며 손뼉을 치겠지. 뭘 보고 웃는 거야? 결국은 자기 자신을 보고 웃는 게 아니냔 말이야! 에이, 괘씸한 놈들! (분통이 터져 마룻바닥을 발로 쾅쾅 구른다) 엉터리 작가놈들아, 어디 두고 보자! 으으읏, 빌어먹을 소설가놈들! 저주받을 자유주의자놈들! 악마의 씨를 받은 놈들! 네놈들을 모조리 한데 묶어서 가루로 만들어 악마의 옷 속에 쑤셔 넣을 테다! 악마의 모자 속에 집어넣을 테다! (주먹을 내밀고 발뒤꿈치로 마룻바닥을 구른다)

잠시 침묵이 흐른 후.

아직도 나는 정신을 차릴 수 없어. 하느님이 벌을 주

시려 할 때는 우선 사물을 분별하는 힘을 빼앗아 버리
린다는 건 정말 옳은 말이야. 사실 그 변덕쟁이 녀석
의 어디가 검찰관과 비슷하냐 말이야, 한 군데도 없
지. 새끼손가락만큼도 비슷한 데가 없어! 그런 놈을
가지고 별안간 '검찰관이다, 검찰관이다!' 하며 모두들
떠들어대는 바람에 요 모양이 된 거야! 누구야, 맨 먼
저 그놈이 검찰관이라고 떠벌린 놈은? 어느 놈이야,
대답을 하란 말이야!

원 장 (두 손을 벌리며) 어째서 이런 일이 일어났는지, 당장
죽인다 해도 누구 하나 똑똑히 말하지는 못할 거요.
마치 무슨 안개 같은 것이 우리들을 얼빼지게 한 겁
니다. 모두 귀신한테 홀렸었지요.

판 사 누가 먼저 떠들었냐구요? 그건 바로 이 친구들입니
다! (도브친스키와 보브친스키를 가리킨다)

보브친스키 원 천만에, 그렇지 않습니다! 나는 그런 건
생각도 해보지 않았어요.

도브친스키 나는 아무 말도, 정말 아무 말도.

원 장 여러 말 마. 너희들이야!

교육감 물론이지. 여관에서 미친 개처럼 달려와서, '왔습
니다, 왔어요, 더욱이 밥값도 전혀 내지 않고 있습니
다……' 하며 온갖 방정을 다 떨지 않았느냔 말야. 흥,
정말 보기는 잘 봤지!

읍 장 물론 네놈들이야! 읍내에 허튼 소문만 퍼뜨리는 저 주받을 거짓말쟁이 같으니!

원 장 그 검찰관 나리와 허튼 수작을 짊어지고 귀신한테로나 꺼져 버려라!

읍 장 온 읍내를 쫓아다니며 공연히 소동만 일으키는 저 주받을 놈들아! 허풍만 떨고 다니는 꼬리 빠진 까치 새끼들아!

판 사 빌어먹을 등신 같은 놈들아!

교육감 팔삭둥이 놈들!

원 장 오글쪼글 못생긴 난쟁이들아!

보브친스키 정말 내가 그런 게 아닙니다. 피오트르 이바노비치가 그랬습니다.

도브친스키 아니야, 피오트르 이바노비치, 자네가 먼저 그런…….

보브친스키 아니야, 그렇지 않아, 먼저 그런 소릴 한 건 자네야.

제 9 장

헌병 등장.

헌 병 칙명을 받고 페테르부르크에서 오신 관리께서 여러 분들을 즉시 불러오라 하십니다. 지금 여관에 드셨습니다.

이 말에 일동 크게 놀란다. 부인들의 입에서는 일제히 경악의 부르짖음이 터져나온다. 모두들 갑자기 위치와 자세를 바꾸어 화석처럼 되어 버린다.

대사가 없는 마지막 장면

읍장은 두 손을 벌린 채 머리를 뒤로 젖히고 불기둥처럼 중앙에 서 있다. 오른쪽으로 그의 아내와 딸이 온몸을 앞으로 내밀고 그에게 달려갈 듯한 자세. 그 뒤로 우편국장이 관중석을 향하여 온몸이 의문부호로 변해 버린 꼴을 하고 있다. 그 뒤로 교육감이 의외일 만큼 순진한 얼굴로 멍청히 서 있다. 다시 그 뒤로, 무대 한쪽 끝에 부인 손님 셋이 노골적으로 읍장네 가족을 비웃는 표정으로 서로 몸을 의지하는 듯이 서 있다. 읍장의 왼쪽으로는 원장이 마치 무엇에 귀를 기울이듯 고개를 약간 옆으로 숙이고 있다. 그 뒤로는 판사가 두 손을 벌리고, 거의 땅에 닿을 만큼 상반신을 구부리고 입술을 놀리고 있다. 그것은 흡사, '할머니, 유리의 축일이 왔어요'라고 외치려는 것 같기도 하고, 휘파람을 불려고 하는 것 같기도 하다. 그 뒤로 코로브킨이 관중석을 향하여 한쪽 눈을 찡긋해 보이며 읍장에게 신랄한 냉소를 보내고 있다. 다시 그 뒤로 무대 맨 끝에는 도브친스키와 보브친스키가 서로 달려들 듯 손을 내밀고는, 마주 서서 입을 딱 벌린 채 눈을 부릅뜨고 있다. 그 밖의 손님들은 기둥처럼 서 있을 뿐이다. 약 1분 30초 가량 모두가 굳어 버린 듯한 자세를 유지하고 그 사이 막이 내린다.

옮긴이 약력

한국외국어대학 교수 역임

역 서
도스토예프스키 ≪카라마조프의 형제들≫
도스토예프스키 ≪가난한 사람들≫
파스테르나크 ≪의사 지바고≫

검찰관 〈서문문고128〉

개정판 인쇄 / 1996년 6월 20일
개정판 발행 / 1996년 6월 30일
지은이 / 고 골 리
옮긴이 / 이 동 현
펴낸이 / 최 석 로
펴낸곳 / 서 문 당
주소 / 서울시 마포구 성산1동 20-12호
전화 / 322-4916~8 팩스 / 322-9154
등록일자 / 1973. 10. 10
등록번호 / 제13-16

* 잘못된 책은 바꾸어 드립니다

서문문고 목록

001~303
◆ 번호 1의 단위는 국학
◆ 번호 홀수는 명저
◆ 번호 짝수는 문학

001 한국회화소사 / 이동주
002 헤세 단편집 / 헤세
003 고독한 산책자의 몽상 / 루소
004 멋진 신세계 / 헉슬리
005 20세기의 의미 / 보울딩
006 가난한 사람들 / 도스토예프스키
007 실존철학이란 무엇인가 / 볼노브
008 주홍글씨 / 호돈
009 영문학사 / 에반스
010 쯔바이크 단편집 / 쯔바이크
011 한국 사상사 / 박종홍
012 플로베르 단편집 / 플로베르
013 엘리어트 문학론 / 엘리어트
014 모옴 단편집 / 서머셋 모옴
015 몽테뉴수상록 / 몽테뉴
016 헤밍웨이 단편집 / E. 헤밍웨이
017 나의 세계관 / 아인스타인
018 춘희 / 뒤마피스
019 불교의 진리 / 버트
020 뷔뷔 드 몽빠르나스 / 루이 필립
021 한국의 신화 / 이어령
022 몰리에르 희곡집 / 몰리에르
023 새로운 사회 / 카아
024 체호프 단편집 / 체호프
025 서구의 정신 / 시그프리드
026 대학 시절 / 슈토름
027 태초에 행동이 있었다 / 모로아
028 젊은 미망인 / 쉬니츨러
029 미국 문학사 / 스필러
030 타이스 / 아나톨프랑스
031 한국의 민담 / 임동권
032 비계 덩어리 / 모파상
033 은자의 황혼 / 페스탈로치
034 토마스만 단편집 / 토마스만
035 독서술 / 에밀파게
036 보물섬 / 스티븐슨
037 일본제국 흥망사 / 라이샤워
038 카프카 단편집 / 카프카
039 이십세기 철학 / 화이트
040 지성과 사랑 / 헤세
041 한국 장신구사 / 황호근
042 영혼의 푸른 상흔 / 사강
043 럿셀과의 대화 / 럿셀
044 사랑의 풍토 / 모로아
045 문학의 이해 / 이상섭
046 스탕달 단편집 / 스탕달
047 그리스, 로마신화 / 벌핀치
048 육체의 악마 / 라디게
049 베이컨 수상록 / 베이컨
050 이농레스코 / 아베프레보
051 한국 속담집 / 한국민속학회
052 정의의 사람들 / A. 까뮈
053 프랭클린 자서전 / 프랭클린
054 투르게네프단편집 / 투르게네프
055 삼국지 (1) / 김광주 역
056 삼국지 (2) / 김광주 역
057 삼국지 (3) / 김광주 역
058 삼국지 (4) / 김광주 역
059 삼국지 (5) / 김광주 역
060 삼국지 (6) / 김광주 역
061 한국 세시풍속 / 임동권
062 노천명 시집 / 노천명
063 인간의 이모저모 / 라 브뤼에르
064 소월 시집 / 김정식
065 서유기 (1) / 우현민 역
066 서유기 (2) / 우현민 역
067 서유기 (3) / 우현민 역
068 서유기 (4) / 우현민 역
069 서유기 (5) / 우현민 역
070 서유기 (6) / 우현민 역
071 한국 고대사회와 그 문화
  / 이병도
072 피서지에서 생긴일 / 슬론 윌슨

서문문고목록 2

073 마하트마 간디전 / 로망롤랑
074 투명인간 / 웰즈
075 수호지 (1) / 김광주 역
076 수호지 (2) / 김광주 역
077 수호지 (3) / 김광주 역
078 수호지 (4) / 김광주 역
079 수호지 (5) / 김광주 역
080 수호지 (6) / 김광주 역
081 근대 한국 경제사 / 최호진
082 사랑은 죽음보다 / 모파상
083 퇴계의 생애와 학문 / 이상은
084 사랑의 승리 / 모음
085 백범일지 / 김구
086 결혼의 생태 / 펄벅
087 서양 고사 일화 / 홍윤기
088 대위의 딸 / 푸시킨
089 독일사 (상) / 텐브록
090 독일사 (하) / 텐브록
091 한국의 수수께끼 / 최상수
092 결혼의 행복 / 톨스토이
093 율곡의 생애와 사상 / 이병도
094 나심 / 보들레르
095 에머슨 수상록 / 에머슨
096 소아나의 이단자 / 하우프트만
097 숲속의 생활 / 소로우
098 마을의 로미오와 줄리엣 / 켈러
099 참회록 / 톨스토이
100 한국 판소리 전집 /신재효,강한영
101 한국의 사상 / 최창규
102 결산 / 하인리히 빌
103 대학의 이념 / 야스퍼스
104 무덤없는 주검 / 사르트르
105 손자 병법 / 우현민 역주
106 바이런 시집 / 바이런
107 종교론,국민교육론 / 톨스토이
108 더러운 손 / 사르트르
109 신역 맹자 (상) / 이민수 역주
110 신역 맹자 (하) / 이민수 역주
111 한국 기술 교육사 / 이원호
112 가시 돋힌 백합/ 어스킨콜드웰
113 나의 연극 교실 / 김경옥
114 목녀의 로맨스 / 하디
115 세계발행금지도서100선 / 안춘근
116 춘향전 / 이민수 역주
117 형이상학이란 무엇인가 / 하이데거
118 어머니의 비밀 / 모파상
119 프랑스 문학의 이해 / 송면
120 사랑의 핵심 / 그린
121 한국 근대문학 사상 / 김윤식
122 어느 여인의 경우 / 콜드웰
123 현대문학의 지표 외/ 사르트르
124 무서운 아이들 / 장콕토
125 대학·중용 / 권태익
126 사씨 남정기 / 김만중
127 행복은 지금도 가능한가 / B. 러셀
128 검찰관 / 고골리
129 현대 중국 문학사 / 윤영춘
130 펄벅 단편 10선 / 펄벅
131 한국 화폐 소사 / 최호진
132 사형수 최후의 날 / 위고
133 사르트르 평전/ 프랑시스 장송
134 독일인의 사랑 / 막스 뮐러
135 사서삼경 입문 / 이민수
136 로미오와 줄리엣 /셰익스피어
137 햄릿 / 셰익스피어
138 오델로 / 셰익스피어
139 리아왕 / 셰익스피어
140 맥베스 / 셰익스피어
141 한국 고시조 500선/강한영 편
142 오색의 베일 /서머셋 모음
143 인간 소송 / P.H. 시몽
144 불의 강 외 1편 / 모리악
145 논어 /남만성 역주
146 한여름밤의 꿈 / 셰익스피어
147 베니스의 상인 / 셰익스피어
148 태풍 / 셰익스피어
149 말괄량이 길들이기/셰익스피어

서문문고목록 3

150 뜻대로 하셔요 / 셰익스피어
151 한국의 기후와 식생 / 차종환
152 공원묘지 / 이블린
153 중국 회화 소사 / 허영환
154 데미안 / 헤세
155 신역 서경 / 이민수 역주
156 임어당 에세이선 / 임어당
157 신정치행태론 / D.E.버틀러
158 영국사 (상) / 모로아
159 영국사 (중) / 모로아
160 영국사 (하) / 모로아
161 한국의 괴기담 / 박용구
162 윤손 단편 선집 / 윤손
163 권력론 / 러셀
164 군도 / 실러
165 신역 주역 / 이기석
166 한국 한문소설선 / 이민수 역주
167 동의수세보원 / 이제마
168 좁은 문 / A. 지드
169 미국의 도전 (상) / 시라이버
170 미국의 도전 (하) / 시라이버
171 한국의 지혜 / 김덕형
172 감정의 혼란 / 쯔바이크
173 동학 백년사 / B. 웜스
174 성 도밍고섬의 약혼 / 클라이스트
175 신역 시경 (상) / 신석초
176 신역 시경 (하) / 신석초
177 베를렌느 시집 / 베를렌느
178 미시시피씨의 결혼 / 뒤렌마트
179 인간이란 무엇인가 / 프랭클
180 구운몽 / 김만중
181 한국 고시조사 / 박을수
182 어른을 위한 동화집 / 김요섭
183 한국 위기(圍棋)사 / 김용국
184 숲속의 오솔길 / A.시티프터
185 미학사 / 에밀 우티쯔
186 한중록 / 혜경궁 홍씨
187 이백 시선집 / 신석초
188 민중들 반란을 연습하다
 / 귄터 그라스
189 축혼가 (상) / 샤르돈느
190 축혼가 (하) / 샤르돈느
191 한국독립운동지혈사(상)
 / 박은식
192 한국독립운동지혈사(하)
 / 박은식
193 항일 민족시집/안중근외 50인
194 대한민국 임시정부사 / 이강훈
195 항일운동가의 일기/장지연 외
196 독립운동가 30인전 / 이민수
197 무장 독립 운동사 / 이강훈
198 일제하의 명논설집/안창호 외
199 항일선언·창의문집 / 김구 외
200 한말 우국 명상소문집/최창규
201 한국 개항사 / 김용욱
202 전원 교향악 외 / A. 지드
203 직업으로서의 학문 외
 / M. 베버
204 나도향 단편선 / 나빈
205 윤봉길 전 / 이민수
206 다니엘라 (외) / L. 린저
207 이성과 실존 / 야스퍼스
208 노인과 바다 / E. 헤밍웨이
209 골짜기의 백합 (상) / 발자크
210 골짜기의 백합 (하) / 발자크
211 한국 민속약 / 이선우
212 젊은 베르테르의 슬픔 / 괴테
213 한문 해석 입문 / 김종권
214 상록수 / 심훈
215 채근담 강의 / 홍응명
216 하디 단편선집 / T. 하디
217 이상 시전집 / 김해경
218 고요한물방아간이야기
 / H. 주더만
219 제주도 신화 / 현용준
220 제주도 전설 / 현용준
221 한국 현대사의 이해 / 이현희
222 부와 빈 / E. 헤밍웨이
223 막스 베버 / 황산덕
224 적도 / 현진건

서문문고목록 4

225 민족주의와 국제체제 / 힌슬리
226 이상 단편집 / 김해경
227 심략산강 / 강무학 역주
228 굿바이 미스터 칩스 (외) / 힐튼
229 도연명 시전집 (상) / 우현민 역주
230 도연명 시전집 (하) / 우현민 역주
231 한국 현대 문학사 (상) / 전규태
232 한국 현대 문학사 (하) / 전규태
233 말테의 수기 / R.H. 릴케
234 박경리 단편선 / 박경리
235 대학과 학문 / 최호진
236 김유정 단편집 / 김유정
237 고려 인물 열전 / 이민수 역주
238 에밀리 디킨슨 시선 / 디킨슨
239 역사와 문명 / 스트로스
240 인형의 집 / 입센
241 한국 골동 입문 / 유병서
242 토마스 울프 단편선 / 토마스 울프
243 철학자들과의 대화 / 김준섭
244 파리시절의 릴케 / 버틀러
245 변증법이란 무엇인가 / 하이스
246 한용운 시전집 / 한용운
247 중론송 / 나아가르쥬나
248 알퐁스도데 단편선 / 알퐁스 도데
249 엘리트와 사회 / 보트모어
250 O. 헨리 단편선 / O. 헨리
251 한국 고전문학사 / 전규태
252 정을병 단편집 / 정을병
253 악의 꽃들 / 보들레르
254 포우 걸작 단편선 / 포우
255 양명학이란 무엇인가 / 이민수
256 이육사 시문집 / 이원록
257 고시 십구수 연구 / 이계주
258 안도라 / 막스프리시
259 병자남한일기 / 나만갑
260 행복을 찾아서 / 파울 하이제
261 한국의 효사상 / 김익수
262 갈매기 조나단 / 리처드 바크
263 세계의 사진사 / 버먼트 뉴홀
264 환영(幻影) / 리처드 바크
265 농업 문화의 기원 / C. 사우어
266 젊은 체녀들 / 몽테를랑
267 국가론 / 스피노자
268 임진록 / 김기동 편
269 근사록 (상) / 주희
270 근사록 (하) / 주희
271 (속)한국근대문학사상 / 김윤식
272 로렌스 단편선 / 로렌스
273 노천명 수필집 / 노천명
274 콜롱바 / 메리메
275 한국의 연정담 / 박용구 편저
276 심현학 / 황산덕
277 한국 명창 열전 / 박경수
278 메리메 단편집 / 메리메
279 예언자 / 칼릴 지브란
280 충무공 일화 / 성동호
281 한국 사회풍속야사 / 임종국
282 행복한 죽음 / A. 까뮈
283 소학 신강 (내편) / 김종권
284 소학 신강 (외편) / 김종권
285 홍루몽 (1) / 우현민 역
286 홍루몽 (2) / 우현민 역
287 홍루몽 (3) / 우현민 역
288 홍루몽 (4) / 우현민 역
289 홍루몽 (5) / 우현민 역
290 홍루몽 (6) / 우현민 역
291 현대 한국시의 이해 / 김해성
292 이효석 단편집 / 이효석
293 현진건 단편집 / 현진건
294 채만식 단편집 / 채만식
295 삼국사기 (1) / 김종권 역
296 삼국사기 (2) / 김종권 역
297 삼국사기 (3) / 김종권 역
298 삼국사기 (4) / 김종권 역
299 삼국사기 (5) / 김종권 역
300 삼국사기 (6) / 김종권 역
301 민화란 무엇인가 / 임두빈 저
302 건초더미 속의 사랑 / 로렌스
303 야스퍼스의 철학 사상
　　　　/ C.F. 월레프